Robert Lott

Inselkinder

AF191488

Robert Lott, aufgewachsen in einem kleinen Dorf in Oberfranken, studierte Englisch und Geschichte in Bamberg, lebte eine Zeitlang als Aussteiger auf einer spanischen Insel, wurde Lehrer an einem Bayerischen Gymnasium, studierte Spanisch und Biologie in Heidelberg und lebt heute mit seiner Familie in Würzburg. Von ihm sind unter anderem erschienen:

Hexenwerk. BoD 2022

Gaia. Menschheit am Abgrund. BoD 2023

Die wundersame Geschichte der Menschheit. BoD 2024

Robert Lott

Inselkinder

Bibliografische Information der Deutschen Nationalbibliothek: Die Deutsche Nationalbibliothek verzeichnet diese Publikation in der Deutschen Nationalbibliografie; detaillierte bibliografische Daten sind im Internet über dnb.dnb.de abrufbar.

© 2025 Robert Lott

Verlag: BoD – Books on Demand, In de Tarpen 42,
22848 Norderstedt
www.bod.de
ISBN 978-3-7693-3966-6
Druck: Libri Plureos GmbH, Friedensallee 273, 22763 HamburgHerstellung und Verlag:

Inselkinder

Borneo, Indonesien

Celine ließ die Kanonenkugel platzen. Ein buntgefiederter Papagei landete auf Daniels Kopf, zog wild an seinen Haaren und verschwand sofort wieder. Celine kicherte.

„Ich glaube, Anisa mag dich."

Daniel presste die Lippen zusammen. „Was willst du immer mit Anisa?"

„Du starrst sie immer von der Seite an und deswegen hast du heute nicht aufgepasst."

„Quatsch, ich hab' mit Rizky geredet."

„Hast du nicht."

„Hab' ich doch."

„Und? Magst du sie?"

Daniel zuckte mit den Schultern.

„Ist doch egal. Wir kriegen hier sowieso keine ab. Wir sind viel zu weiß. Das mit dir und Waryan wird auch nichts."

„Oh, du Blödmann…", fuhr Celine wütend hoch. „Der fette Waryan kann mich mal. Der hat das alles nur erfunden und das weißt du."

Die Kanonenkugel kam Daniels Kopf gefährlich nahe.

„Wenn du Anisa scannst oder renderst, sag' ich es Papa."

„Du spinnst, das würde ich nie tun. Außerhalb habe ich so was noch nie gemacht."

„Noch nie?"

„Da war ich acht. Das gilt nicht."

Die Kanonenkugel platzte. Es regnete bunte Bonbons.

„Ich habe keine Lust mehr. Ich gehe rein, die blöde Strafarbeit schreiben."

Würzburg, Deutschland

Jonas Renner

Ich schaltete den Fernseher aus. Ich konnte die Nachrichten einfach nicht mehr ertragen. Die riesigen Türme von New Rome und die schwarzglänzenden Uniformen der Leibgardisten, die am 12. Jahrestag der Weltpräsidentschaft auf dem Marsfeld aufmarschierten. Natürlich würde später der

Weltpräsident stolz auf die Tribüne spazieren und erklären, wie unfassbar toll sich alles unter seiner Führung entwickelt hatte.

Gleichzeitig starben in Afrika die Leute wie die Fliegen, die Außenbereiche der europäischen Großstädte mutierten immer mehr zu Slums und selbst hier, in meinem einst beschaulichen Würzburg, kauerten mittlerweile unter jeder Brücke Grüppchen von Obdachlosen. Der Müll stapelte sich überall auf den Wegen, weil er nur noch alle vier Wochen abgeholt wurde, und in der Nacht schrillten die Sirenen der Polizei- und Rettungswagen, die mit Blaulicht durch die Straßen unserer nahezu lichtlosen Stadt rasten. Die Stadt sparte, wo sie nur konnte, auch dort, wo es womöglich Menschenleben kostete. Die Welt drehte sich langsam ihrem schleichenden Untergang entgegen, aber die Bilder aus New Rome zeigten ein perfektes modernes Leben in wundervollen stylischen Apartments mit prachtvollen Gärten und lagunenartigen Swimmingpools. Fröhliche Menschen spazierten durch ausgedehnte Parkanlagen mit anmutigen kleinen Pavillons. New Rome, ein Stück Disneyland, während der Rest der Welt langsam verfaulte. In tausend Science-Fiction-Filmen drohte eine plötzliche Katastrophe die Menschheit zu verschlingen, ein gewaltiger Meteoriteneinschlag, ein fürchterlicher Atomkrieg, die außer Kontrolle geratene Erfindung eines verrückten Wissenschaftlers, ein tödliches Virus, der Angriff durch schaurige Aliens, ein schreckliches Desaster, das in einem oder zwei Tagen passieren würde, das kam nur auf die Länge des Filmes an. Ich hatte als Kind jede Menge Katastrophenfilme konsumiert und hätte niemals mit einem derart schleichenden, langsamen Untergang der Menschheit gerechnet.

Dabei hatten vor zwölf Jahren noch alle gejubelt, als endlich die ganze Welt geeint hinter einem Präsidenten stand, der versprach, die Welt zu retten, hinter einem jungen amerikanischen Präsidenten, der es geschafft hatte, dass ihm die Führer Chinas und Russlands, ja der ganzen Welt, gehorchten. Ich war damals schon einer der wenigen Skeptiker gewesen und hatte die ungeheure Machtfülle mit Misstrauen beobachtet. Dann kam der brutale Überfall auf Venezuela, das sich der Weltregierung nicht unterordnen wollte, der Einmarsch in Katar, der Giftgaseinsatz im Iran und schließlich die Zwangsumsiedlung von großen Teilen New Jerseys zum Aufbau New Romes. New Rome, allein der Titel aus einem schlechten Science-Fiction Film hätte einen sofort stutzig machen sollen. Und dann kam der Zehnt, dieser verfluchte Zehnt, den jeder Staat zu leisten hatte, eine Abgabe, die angeblich zur Eindämmung der Erderwärmung und zum Aufbau einer besseren Menschheit dienen sollte. Zehn Prozent des Bruttosozialprodukts jedes Staates! Die Führer der Welt stimmten wie hypnotisierte Roboter dem Irrsinn zu und die wütenden Proteste der Bevölkerung kamen zu spät, die Leibgarde hatte Polizei und Militär sehr schnell unter ihre Kontrolle gebracht.

Ha, der Zehnt gegen die Klimakrise! Die Erderwärmung steht nach unseren internen Aufzeichnungen schon bei 1,9 Grad und der letzte Alpengletscher war vor zwei Jahren für immer weggeschmolzen, aber natürlich zeigten die Staatsmedien Bilder von lachenden Menschen auf schneebedeckten Skipisten. Alles Fakes, perfekt KI-generierte Fake-Nachrichten.

Wer rief jetzt an? Eine Nummer aus Indonesien! Kotabaru, die größte Stadt auf Pulau Laut bei Borneo! Der dortige Polizeikommandant war einer von uns. Ein lächelndes braunes Gesicht erschien auf dem Monitor.

„Guten Tag, Sir."

„Guten Tag. Mr …" Ich musste auf den Anrufbutton schauen. Die indonesischen Namen waren manchmal selbst für mich unaussprechlich. „…Mr. Simatupang. Was verschafft mir die Ehre?"

„Mr. Renner, ich glaube, wir haben etwas für Sie."

„Und was?"

„Wissen Sie, wir hatten doch letztes Jahr so viele merkwürdige 20-Dollarscheine, die so gut gefälscht waren, dass wir gedacht haben, dass das heutzutage doch völlig unmöglich ist. Die Scheine waren exakt gefälscht mit Sicherheitsstreifen, Wasserzeichen und Mikroschrift. Ein irrer Aufwand, um dann doch überall die gleiche Seriennummer und die gleichen Schmutzflecken auf allen Scheinen zu haben. Und dann nur 20-Dollarscheine. Wer macht so etwas?"

„Ja, das war wirklich Blödsinn, heutzutage noch mit gefälschten Scheinen betrügen zu wollen."

Ich erinnerte mich nur undeutlich an den Vorfall. Der Anruf begann mich etwas zu langweilen. Ich musste Xenia bald von der Physio abholen und in der Organisation gab es ständig neue Emails, um sich auf den Tag X vorzubereiten. Und jetzt erzählte mir dieser Polizeikommissar aus Indonesien etwas von gefälschten Dollarscheinen.

„Nun, ich denke, sie waren nicht gefälscht."

„O.k. Und warum nicht?"

„Nun, ich habe hier ein sehr schönes Messer vor mir. Ein alter Holzgriff, aber eine wunderschöne Klinge aus einem Diamanten."

„Aus was? Aus einem Diamanten?"

„Ja, eine schöne 12 cm lange Klinge aus einem reinen Diamanten."

„Das gibt es nicht. Sie wollen mich auf den Arm nehmen."

9

„Das habe ich auch gesagt, als mir meine Polizisten das Ding brachten, aber es ist ein wunderbarer, leicht blauleuchtender Diamant. Das wäre an sich schon verrückt genug, aber was wirklich unglaublich ist: Es gibt keinerlei Anzeichen für Schleifspuren an ihm."

„Wie meinen Sie das?"

„Sir, niemand hat diesen Diamanten in diese Form geschliffen. Jemand muss ihn in dieser Form hergestellt haben."

„Was? Nein …nein, nein, nur der Präsident …Hören Sie, das ist unmöglich. Sein Bruder war der einzige andere Wandler und er ist …"

„… ja, ich weiß, er ist tot, Mister Renner. Aber hören Sie, seine Leiche wurde doch nie gefunden, und vielleicht lebt er ja noch und ist hier auf einer unserer Inseln gestrandet."

„Das ist absolut unwahrscheinlich."

„Ja, aber wie kommt ein Diamant in der Form eines Messers in einen alten Holzgriff? Und mit dem Messer haben wir auch wieder diese völlig identischen 20-Dollarscheine gefunden."

„Und die Klinge ist wirklich aus einem Diamanten?"

„Ja, einhundertprozentig Diamant. Ich konnte das Ding gerade noch verstecken, bevor es beim Polizeipräsidium in Nusantara landete. Die Leute dort sind dem Präsidenten sehr ergeben. Vielleicht hat der Bruder ja doch überlebt?"

„Hm, nein. Unwahrscheinlich, aber ich verspreche Ihnen, ich kümmere mich um den Fall. Ich rufe Sie zurück."

In Wahrheit wusste ich ziemlich genau, wo sich Simon, der Bruder des Präsidenten, befand. Aber das durfte ich Simatupang nicht verraten. Nur wenige Eingeweihte wussten, dass er in einem Hochsicherheitsgefängnis in New York saß, das der Präsident für ihn hatte bauen lassen. Wir hatten es erst letztes Jahr herausgefunden, und ein Teil der Organisation arbeitete allem Anschein nach gerade an seiner Befreiung. Ich hatte als Ostasienkoordinator nichts damit zu tun.

Hm, Indonesien. War etwa Simon für die 20-Dollarscheine und den Dolch verantwortlich? Ich checkte das Bild der 20-Dollarscheine, die mir Simatupang letztes Jahr geschickt hatte. Nein, gedruckt vor acht Jahren. Der Absturz war vor 17 Jahren gewesen. Unmöglich.

Ein Dolch aus einem Diamanten und perfekt gefälschte Dollarscheine mit Flecken. Es gab wahrscheinlich eine andere, eine natürliche Erklärung. Aber sollte doch jemand außer den beiden Brüdern solche Fähigkeiten entwickelt haben, wäre es eine Meldung an die Zentrale der VUNAR wert. Es waren noch 14 Tage bis zum Tag X, und es hieß immer, man müsste jede noch so winzige Chance nutzen. Selbst ich wusste bis jetzt nicht genau, was in zwei Wochen passieren würde, wahrscheinlich wieder ein Versuch, den Präsidenten zu stürzen. Hoffentlich endete er nicht wieder an seiner Leibgarde oder wurde zum werbewirksamen Beweis für seine absolute Unverwundbarkeit. Es musste dieses Mal einfach gelingen. Wir mussten Erfolg haben. Die Welt wurde von einem rücksichtslosen Wahnsinnigen regiert, der seine Traumstadt aus „Marmor, Edelsteinen und Gold" errichten wollte und die Welt mit seiner Politik in den Abgrund stürzte.

Und ich konnte nichts tun. Sollte ich die Sache in Borneo einfach auf sich beruhen lassen? Hm, es waren Ferien und ein Flug dorthin mit einer Untersuchung vor Ort bedeutete mindestens eine Woche außer Haus. Jemand müsste sich um Xenia kümmern. Ob Gina Zeit hatte? Xenia wollte ja immer alles alleine schaffen, aber Gina hatte sie akzeptiert. Und das hatte letztes Jahr ja auch gut geklappt. Borneo. Mein Borneo! Wie lange war das her? Das Orang-Utan-Schutzprojekt war schon lange gestorben. Gab es Nyaru Menteng überhaupt noch? Stand meine Hütte noch?

Ich beschloss die Zentrale zu kontaktieren.

„ZEN?"

„Guten Morgen, Renner. Wie geht es Ihnen?"

„Gut, danke. ZEN, ich weiß, es klingt absolut unwahrscheinlich, aber es besteht eine minimale Chance, dass wir einen weiteren Materiewandler gefunden haben."

„Sind Sie sicher? 17 Jahre ohne irgendein Ergebnis und nun ...? Sie wissen, wir haben nur noch 14 Tage bis ..."

„Ich weiß, ZEN, es ist äußerst unwahrscheinlich, aber der dortige Verbindungsmann ist sich seiner Sache relativ sicher. Ich kann hier in Europa leider nichts Genaueres dazu sagen. Bitte erlauben Sie mir die Überprüfung vor Ort. Ich bräuchte dafür allerdings entsprechende Ausrüstung und ein Team für den Flug nach Indonesien."

„Indonesien? Aber wieso? Jetzt erzählen Sie erst mal ..."

Drei Stunden später hatte ich mein Team zusammen. Janna und Frank, wie gewünscht. Janna hatte als Biologin bereits früher mit mir am Naturschutzprojekt auf Borneo gearbeitet und Frank offiziell beim Sicherheitsdienst der deutschen Botschaft in Jakarta, als es die noch gab. In Wirklichkeit war er Agent des BND gewesen. Der muskulöse Zweimetermann räumte eventuelle Schwierigkeiten oft schon durch seine äußerliche Erscheinung aus dem Weg. Wir drei waren schon vor siebzehn

Jahren Teil des Suchteams gewesen, als erste Gerüchte auftauchten, dass Simon überlebt haben könnte. Aber offensichtlich war Jacob schneller gewesen als wir. Damals war er noch kein Weltpräsident, noch nicht einmal amerikanischer Präsident, nur ein Junge, der seinen Bruder suchte, ihn fand und ihn dann schnell und heimlich verschwinden ließ. Jahrelang gab es keine Spur mehr von Simon. Alle dachten, er wäre tot, wie der Rest der Passagiere, doch die Amerikaner hatten ihn jetzt endlich lokalisiert.

Ein Materiewandler, zufällig in der gleichen Gegend? Äußerst unwahrscheinlich. Aber selbst, wenn, was dann? Egal, es waren nur noch 14 Tage und man musste jeder Möglichkeit nachgehen. Borneo, ich komme!

Daniel

Ich klappte das Heft zu. Ein Aufsatz über die Notwendigkeit der Konzentration beim Lernen. Es durfte nicht nach KI aussehen, so dass ich alle Fremdwörter ersetzte, aber was dabei herauskam, waren reihenweise saublöde lange Sätze, alle schön groß geschrieben, damit die vier Seiten voll wurden. Handgeschrieben, die Lehrerin war so was von uralt! Ich hatte ewig gebraucht und mich tausendmal verschrieben. Ich konnte mich

13

wirklich nicht konzentrieren. Anisa mochte mich? Sie war so schön… wie ihre dunklen Augen blitzten, wenn sie lachte, wie ihr schwarzes Haar über ihr braune Schulter fiel. Hm, aber meine Haut war leider weiß, nicht richtig weiß, aber eben viel zu hell. In Java wollten alle hellere Haut, cremten sich angeblich sogar mit Sonnencreme mit Aufhellern ein, aber hier war nicht Java, hier gab es keine reichen weißen Ausländer, denen man nacheiferte, hier war man so ein komischer Typ mit heller Haut, braunen Haaren und blauen Augen. Aber Anisa hatte in der Pause doch mal gesagt „Der Daniel hat so schöne blaue Augen." Die anderen Mädchen hatten laut gelacht, aber sie hatte ihn nur angegrinst. Hatte sie das ernst gemeint?

Ein Geräusch vom Tor. Ich spähte zum Fenster hinaus. Celine lief den Pfad ins Dorf hinunter, wahrscheinlich zu ihrer Freundin Maya. Gut, Mama war noch bis 4 Uhr im Krankenhaus und scheinbar noch mit dem neuen Bootanstrich beschäftigt. Ich sah mich noch einmal um, dann zog ich das neue Handy unter meiner Matratze hervor. Wenn Vater mich erwischen würde, würde ich wahrscheinlich einen Monat Hausarrest bekommen, aber man musste ja wissen, was auf der Welt passierte, und vor allem mit Rizky und den anderen chatten, PUBG und Fortnite zocken. Ich war gar nicht so schlecht, dafür dass ich erst seit zwei Jahren so richtig dabei war. Mit dem Uralt-Handy, das mir meine Eltern mit 12 geschenkt hatten, konnte man die neueren Versionen schon gar nicht mehr spielen und eine Stunde abends am Familienlaptop zocken, das war ja wohl ein Witz. Da tat man dann so, als würde man brav Minecraft spielen und die Eltern waren beruhigt. Und dann fiel gerade in der Zeit das Internet aus. Das passierte in letzter Zeit leider immer häufiger. Gottseidank hatte Rizky eine Playstation und einen Laptop. Die Sessions bei ihm waren geil, aber ich konnte ja nicht jeden Tag bei ihm abhängen, das fiel den

Eltern auf. Mikael hatte mir das Handy für eine Million Rupien besorgt. Mein gesamtes Taschengeld war dafür draufgegangen, aber es war ok. Die Oberfläche war zerkratzt, aber es war echt schnell und man konnte alles damit machen. PUBG und Fortnite liefen damit, aber klar, mit dem Minibildschirm und ohne richtige Tastatur war man immer der Loser. Warum bekam ich keinen eigenen Laptop? Alle coolen Jungs hatten schon mit zwölf einen und ich sollte bis sechzehn warten? Warum?

Oh, Mikael hatte gewhatsappt. „Bin mit Rizky und Chandra am Strand Volleyballspielen. Kommst du?"

Scheiße, warum hatten sie in der Schule nichts davon gesagt? Ich tippte schnell „Ok. Ich komme" ein. Chandra war Anisas beste Freundin.

Jonas Renner

Zwei Tage später. Jakarta war wie erwartet durch die Erderwärmung fast schon völlig im Meer versunken und wir landeten in Nusantara, der neuen Hauptstadt Indonesiens. Nusantara, „die Inseln dazwischen", um genau zu sein 17 000 Inseln zwischen Thailand und Australien. Wer hatte diese verrückte Idee, die neue Hauptstadt einfach nach der alten Bezeichnung für Indonesien zu benennen, so als würde man Berlin plötzlich „Germania" nennen? Die Wolkenkratzer und die breiten Straßen gaben Nusantara einen Hauch von Modernität, aber auch hier sah man wie überall die Zeichen des schleichenden Niedergangs. Viele der nagelneuen Hochhäuser waren offensichtlich seit Jahren nicht mehr weitergebaut worden und ragten nun als unfertige Betonskelette in den tropischen Himmel. Es hatte der VUNAR-Webseite zufolge viele Unruhen gegeben, und die indonesische Regierung hatte eigentlich nur noch in den größeren Städten die volle Kontrolle, große Teile des Landes waren dagegen mehr oder weniger in Lethargie und Chaos verfallen. Wie alle Länder der Erde hatte Indonesien seit zehn Jahren zehn Prozent seines Bruttoinlandsprodukts an New Rome abzuliefern. Zehn Prozent waren für keinen Staat der Erde auf Dauer zu verkraften und während in Europa die Regierungen erst mal kräftig alle Sozialleistungen zusammenstrichen, verkauften ärmere Länder hemmungslos ihre Ressourcen, um dem grausamen Zorn des Weltpräsidenten zu entgehen. Niemand wollte so ausgelöscht werden wie Venezuela oder Katar. Und wenn schon die Präsidenten Chinas und Russlands brav dem neuen Herrscher der Welt salutierten, waren kleinere Länder nicht verrückt genug, aufzubegehren. Der indonesische Präsident hatte in seiner Not die Rechte an den Gold- und Kupferminen des Landes an ein amerikanisches Unternehmen verkauft und alle Beschränkungen für den Palmölanbau aufgehoben, so dass sich außerhalb der Stadt nur noch schier endlose Felder ausbreiteten. Reis und Palmenplantagen, sonst nichts. Indonesien war schon früher der größte Palmölproduzent der Welt gewesen, ein immenser Raubbau an der Natur für Nutella, Margarine, Shampoos und Co., aber jetzt war vom Dschungel beim Landeanflug weit und breit gar nichts mehr zu sehen. Laut Internet gab es all die

Nationalparks immer noch, doch es gab kein Geld mehr, sie zu schützen und aufrechtzuerhalten. Das hieß nichts Gutes für die Pflanzen und Tiere dort. Gab es überhaupt noch irgendwelche Rückzugsgebiete für Gibbons, Orang-Utans, Nasenaffen und Nashornvögel?

Wir stiegen aus und sogen die stets feuchtwarme Luft der Tropen ein. Man begann trotz lockerster Kleidung sofort zu schwitzen, auch ohne sich überhaupt groß zu bewegen. Wenigstens das war gleich geblieben. Aber wir hatten keine Zeit für trübsinnige Gedanken. Wir brauchten ein Auto für die Fahrt in den Süden, um dort mit der Fähre nach Laut überzusetzen. Ich hoffte, VUNAR hatte vorgesorgt.

Es klappte wie am Schnürchen. Auf die Organisation war wirklich Verlass. Ein VUNAR-Mitarbeiter leitete uns zielsicher durch die Menge der wild gestikulierenden Guides und Taxifahrer, die sich wie Fliegen auf jeden Ausländer stürzten, und führte uns zu unserem Mietauto, einem modernen Jeep mit Allradantrieb. Perfekt. Die Straßen schienen im Moment relativ trocken zu sein, aber sobald man die Stadt verließ, waren sie voller tiefer Schlaglöcher und jedes Auto versuchte so gut wie möglich auszuweichen. Irgendwann hatte ich beim ständigen Hin- und Hermanövrieren vergessen, dass eigentlich Linksverkehr war, und wurde wild aus den entgegenkommenden Fahrzeugen beschimpft. Ich hatte nie verstanden, warum man in Indonesien Linksverkehr hatte. Indonesien war lange Zeit niederländische Kolonie gewesen, aber in den Niederlanden fuhren nur Geisterfahrer links. Nach einer Stunde Fahrt, erst durch die Slums der Außenbezirke und dann durch ewige Palmenplantagen und Reisfelder, erreichten wir den Wald, beziehungsweise das, was noch davon übrig war. Kaum jemand schien noch die verbreitete Brandrodung zu stoppen, so dass verkohlte schwarze Baumstümpfe unsere ständigen Wegbegleiter waren. Was blieb den Menschen auch übrig? Sie waren schon vor zwanzig Jahren arm gewesen und ein Hektar Reisfeld anzulegen, hieß heute, das Überleben einer ganzen Familie zu sichern. Weit oben auf den Bergen sah man noch wirkliche Waldreste. Konnten die Orang-Utans in den unzugänglichen Bergregionen überleben? Eigentlich zu kalt für sie.

Nach drei Stunden kamen wir gut durchgeschüttelt und ziemlich deprimiert in Kotabaru auf Pulau Laut, der See-Insel, an und ein etwa 50-jährger, etwas dickbäuchiger Indonesier empfing mich mit großem Lächeln am Eingang seiner Polizeistation.

„Mr. Renner, wie schön, dass Sie da sind."

Er freute sich offensichtlich wirklich sehr über den seltenen Besuch. Nur sehr wenige Superreiche und Führer der Leibgarde konnten sich Reisen überhaupt noch leisten und Kalimantan war anders als Java, Bali oder Lombok noch nie ein Touristenmagnet gewesen.

„Herr Simatupang, schön, auch Sie zu sehen. Sie sagten, Sie hätten etwas sehr Ungewöhnliches für uns."

„Ja. Aber kommen Sie doch herein, kommen Sie, Mister Renner. Sie müssen sich das ansehen."

Er führte uns durch die Gänge seines kleinen Polizeireviers bis zu seinem Arbeitszimmer, blickte sich dort kurz um, ob keiner seiner Polizisten durch die Glasscheibe der Tür hereinsah, und zog dann schnell etwas aus seinem Schreibtisch.

„Hier, Mr. Renner. Das ist der Dolch. Die Schneide ist aus einem Diamanten. Ich habe es Ihnen gesagt."

Ich betrachtete die Waffe und hielt sie ans Fenster. Sie glänzte und glitzerte leicht bläulich im tropischen Licht. Wahrscheinlich doch nur blaues geschliffenes Glas. Ich nahm den Dolch, zog meine Zange aus der Tasche und versuchte, die Spitze abzubrechen. Es war nicht möglich. Also gut, kein Glas. Vielleicht ein schön geschliffener Stein? Frank reichte mir eine Ampulle mit verdünnter Salzsäure, die er durch die Flughafenkontrolle geschmuggelt hatte, und ich beträufelte das Messer. Nichts, keine Reaktion. Ich nahm die Salzsäure und ließ zum Vergleich ein paar Tropfen auf das lederne Schreibmäppchen Simatupangs fallen, was der Polizist gar nicht gut fand. Ich entschuldigte mich und versprach ihm, ein neues Mäppchen zu besorgen. Die Salzsäure war offensichtlich in Ordnung.

Es war unglaublich, der Dolch schien also wirklich aus einem großen Diamanten gefertigt worden zu sein. Ein Dolch aus einem geschliffenen Diamanten! So etwas hatten früher vielleicht die Herrscher Indiens oder Chinas besessen. Heutzutage musste jeder seine Edelsteine für die Verschönerung von New Rome abliefern. Und wer nicht rechtzeitig ablieferte, dem drohte das Gefängnis oder noch Schlimmeres. Egal, wie kam dieses Teil hierher?

„Janna, nimm die Mikrolupe und such nach Schleifspuren."

„Mr. Renner. Das habe ich auch schon gemacht. Es gibt keine Schleifspuren."

„O.k. Aber doppelt überprüft hält besser."

19

Durch meinen Kopf sausten plötzlich tausend Gedanken. Wenn das wirklich wahr war, gab es hier einen Materiewandler. Das hieße … eine Option mehr im Kampf gegen die Diktatur. Aber wie kam man an diesen Wandler?

„O.k., klären Sie mich auf. Woher haben Sie das Teil?"

Simatupang strahlte mich über sein ganzes Gesicht stolz an.

„Wir haben einen Hehler ausgenommen, der das Messer angeblich von einem Insulaner namens Naima gekauft hat, aber leider ist dieser Naima verschwunden. Wir haben natürlich seine Hütte durchsucht und viele gestohlene Sachen gefunden, darunter auch einige der gefälschten 20-Dollar-Scheine. Die Leute sagten, er hätte mitbekommen, dass wir den Hehler gefasst haben und sei geflüchtet. Sie meinten, er wäre ein fauler Fischer und ab und zu wohl ein Gelegenheitsdieb."

„Ein Dieb. Also hat dieser Naima das Messer gestohlen!"

„Ja, Mr. Renner. Aber wir wissen leider nicht, von wem."

Von einem Materiewandler! Das wäre verrückt. Noch 12 Tage bis zum Tag X, dem Tag der Entscheidung, und unsere ganze Hoffnung ruhte auf dem Bruder des Präsidenten. Und nun? Vielleicht doch ein weiterer Materiewandler? Oder hatte die Leibgarde etwas von VUNAR mitbekommen und hatte uns eine Falle gestellt? Ich beschloss, vorsichtshalber keine Nachricht an die Zentrale abzusetzen.

Janna gab mir das Messer zurück. „Chef, da ist tatsächlich nichts zu sehen. Ich habe es mit allem Möglichen probiert. Es ist wirklich ein Diamant, der wie perfekt in das Messer hineingewachsen zu sein scheint."

„Was ist mit dem Griff?"

„Abgetragen, unter dem Scanner sieht man, dass da irgendwann mal ein C.R. eingraviert war."

Ich musste grinsen und Janna sah mich befremdet an. C.R. 7 stand zu meiner Jugendzeit für den Fußballer Christiano Ronaldo, aber das war unendlich lange her.

„Simatupang. Wer ist C.R.?"

„Keine Ahnung. Das weiß wahrscheinlich nur der Dieb."

„Gut. Wir brauchen diesen Naima. Wo lebt er?"

„Er lebt in Sarang Tjung, aber wie gesagt, er ist verschwunden."

„Hat er eine Familie?"

„Ja, eine Frau und zwei Kinder, aber seine Frau weiß auch nicht, wo er ist."

„Das werden wir ja sehen. Wie kommen wir dahin?"

„Es ist eigentlich nicht weit, aber die Straße dorthin ist sehr schlecht. Eine Stunde Fahrt, aber bis dahin ist es dunkel und wir werden nicht viel sehen. Es gibt in Sarang Tjung keine Straßenbeleuchtung mehr und nachts ist es dort durchaus gefährlich."

„Hm. O.k. Das heißt also, Sie meinen, wir sollten bis morgen warten. Dann brauchen wir aber hier einen Platz zum Übernachten."

„Das habe ich schon arrangiert. Das „Pantai" ist das beste Hotel hier und Sie werden ruhig schlafen."

Das Hotel war nach unserer einhelligen Meinung wirklich hervorragend, aber es hatte kaum Gäste. Außer uns saßen nur zwei Leibgardisten mit ihren Freundinnen oder Frauen und ein älterer Amerikaner mit einer jungen Frau, wohl einer Chinesin, in der Hotelbar. Die Leibgardisten schielten immer wieder mal zu unserem Tisch. Wir gaben den Angestellten entschieden zu viel Trinkgeld, damit jeder uns für reiche Europäer hielt.

Mit ausreichend Jetlag fiel ich nach einem Bier an der Theke ins Bett und schlief 10 Stunden lang.

Am nächsten Morgen trafen wir uns wie verabredet mit Simatupang und fuhren mit seinem Polizei-SUV auf die andere Seite der Insel. Wellblechhütten und billige Straßengeschäfte zeugten von einer weitaus ärmeren Gegend, abseits der ehemaligen Routen der Touristen. In einer Nebenstraße standen wir schließlich vor einer ziemlich heruntergekommenen Hütte. Verblichene Farbreste blätterten von den Holzbrettern, die Fensterläden hingen schief in den Angeln und der Garten war verwildert und übersät mit Säcken voller Plastikmüll. Lebte die Familie vom Plastiksammeln? Gab es hier noch irgendwo eine Müllverwertung? Kaum zu glauben.

Am Eingang trat uns eine dicke Insulanerin in einem rotweiß gemusterten Sarong entgegen. Ein kleines Kind hielt sich ängstlich an ihren Rockschößen fest. Die Frau musterte Simatupang in seiner Uniform, dann uns und unsere Kleidung. Ein misstrauisches Stirnrunzeln. Wieso kam der Polizist mit Weißen, mit Ausländern?

„Was wollen Sie hier?"

Eine wirklich nette Art, Fremde zu begrüßen, sie hätte der berühmten fränkischen Freundlichkeit meiner Heimat glatt Konkurrenz gemacht. Simatupang kramte demonstrativ seinen Polizeiausweis hervor.

„Frau Saputra, wir suchen Ihren Mann. Es geht um einen Diebstahl."

„Ich habe Ihren Leuten doch schon gesagt, dass ich nicht weiß nicht, wo mein Mann ist."

Ich mischte mich ein. „Frau Saputra. Er hat diesen Dolch hier gestohlen und wir wollen nur wissen, von wem."

„Davon weiß ich nichts. Wissen Sie, Naima ist kein schlechter Mann, er trinkt zu viel, ja, aber er bestiehlt doch niemanden."

„Haben Sie sich nicht gewundert, woher er die 20-Dollarscheine hatte?"

„Das weiß ich nicht. Er hat gesagt, er hat sie beim Spiel gewonnen."

Frank kam nach vorne, baute sich mit seinen 1,98 m vor ihr auf und zischte: „Sie lügen. Wo ist er?"

Erschreckt fuhr die Frau zurück. „Ich weiß es nicht. Gehen Sie! Gehen Sie!"

Sie wollte die Tür schließen, doch ich stellte im letzten Moment meinen Fuß in den verbliebenen Spalt und drückte sie wieder auf.

„Sie verstehen offensichtlich nicht, worum es hier geht. Wir sind vom internationalen Sicherheitsdienst und Sie stellen sich hier gegen Organe der Weltregierung. Janna, Frank, legt ihr Handschellen an und nehmt auch das Kind mit."

„Was? Warum? Ich habe nichts getan."

„Sie schützen einen Verbrecher und haben mit gefälschten Dollarscheinen gezahlt. Auf der Polizeikommandantur in Kotabaru werden Sie dazu befragt werden. Ihr Kind kommt natürlich nicht ins Gefängnis, solange Sie eingesperrt sind. Wir werden es in ein Heim für die Kinder von Gefängnisinsassen nach Nusantara bringen. Wenn Sie allerdings länger im

Gefängnis bleiben müssen, wird das Kind natürlich zur Adoption freigegeben."

„Adoption? Mein Kind? Jawa, meine Jawa? Nein! Nein!"

Frank wand sich um die Frau herum und drückte ihre Hände auf den Rücken als würde er sie fesseln wollen, während Janna auf das Kind einredete."

„Bitte! Halt, halt, ich sage Ihnen alles."

„Gut!"

„Bitte, bitte, wir haben nichts gemacht. Ja, dieser Idiot, er stiehlt manchmal, er hat die Dollarscheine gestohlen und er hat mir diesen Dolch gezeigt und gesagt, er will ihn verkaufen."

„Von wem hat er den Dolch?"

„Von einem Fischer. Ich weiß nicht, von wem. Bitte, glauben Sie mir. Lassen Sie mir mein Kind."

„Wo ist Naima?"

„Ich weiß es nicht, wirklich nicht, vielleicht auf Manti, dort versteckt er sich manchmal, wenn er was ausgefressen hat."

Ich wandte mich zu Simatupang. Er nickte. Er kannte die Insel.

„Danke, mehr brauchen wir nicht. Aber wenn Sie noch einmal die Polizeiarbeit behindern, kann das für Sie sehr übel ausgehen."

Als wir zum Polizeiboot zurückliefen, konnte sich Janna nicht mehr halten. „Hihi, internationaler Sicherheitsdienst, nicht schlecht, Chef. Hauptkommissarin Janna Lehmann meldet sich hiermit zum Dienst."

„Du kannst doch noch nicht mal schießen", murrte Frank. „Ich hoffe nur, die Frau erzählt die Geschichte nicht weiter."

„Dann landet sie wahrscheinlich bei mir und ich werde dafür sorgen müssen, dass sie nicht weitergeleitet wird", beendete Simatupang nüchtern die Diskussion. Man sah ihm an, dass er keine Lust hatte, jemals für unsere Hochstapelei gerade stehen zu müssen.

Es lag nur ein einsames Boot am Strand von Manti und der Mann lag an einer Feuerstelle auch nicht weit davon. Er regte sich nicht, als wir mit dem Polizeiboot landeten, und auch nicht, als wir neben ihm standen und uns über ihn beugten. Der Inhalt der leeren Schnapsflasche neben ihm hatte ihn offensichtlich in eine Art Tiefschlaf versetzt. Er war einfach nicht wach zu bekommen.

„Frank, Janna. Ich glaube, der Mann braucht dringend eine Dusche."

Wir schleppten den Sturzbetrunkenen ins Wasser und tauchten ihn unter. Er schrie, klappte zusammen, wir tauchten ihn wieder und er schrie wieder. Nach dem dritten Untertauchen stand er schwankend vor uns.

„Was? … Was wollt ihr von mir?"

Ich hielt ihm das Messer vor die Nase. „Dieser Dolch. Von wem hast du ihn?"

„Hu. Weiß nicht."

„Taucht ihn."

„Nein! Nein! Halt! Halt! Halt! Cahiya! Cahiya! Ich glaube, so heißt er."

Ich starrte Naima so streng wie möglich an.

„Cahiyah! Er kommt immer von Sungai Bali herüber, wenn er etwas für sein Boot braucht."

„Und von ihm hast du auch die Dollarscheine?"

„Welche Dollarscheine?"

„Taucht ihn."

„Nein, nein, nein! Ja, ja, ich habe sie von ihm, aber er hat sie mir für ein Tau gegeben. Es war ein fairer Tausch."

„Ein Tau für ein ganzes Bündel 20-Dollarscheine?"

„Ich habe sie nicht gezählt. Vielleicht hat er sich ja verzählt. Hihi, ich glaube, der konnte gar nicht zählen."

„Ok. Er kommt also von Sungai Bali und heißt Cahiyah?"

„Ja, oder Chahiya oder so."

„Gut. Lasst uns gehen." Wir eilten zurück zum Boot.

„Was? Ihr wollt mich hierlassen? Nicht festnehmen?"

„Nein, jetzt nicht. Wir haben dafür keine Zeit und außerdem stinkst du zu arg."

Sungai Bali auf Sebuku. Ein 3000 Seelen Dörfchen. Ein Rathaus, zwei Schulen, eine Mini-Klinik mit nur 10 Betten, die ganz Sebuku versorgte, eine kaum noch funktionierende Apotheke und der Bürgermeister war gleichzeitig quasi der oberste Ortspolizist. Er war recht erstaunt wegen unserer Fragen nach Cahiyah und fragte wiederholt nach dem Grund dieser internationalen Ermittlung. Cahiyah Ramdani war ein recht angesehener Fischer. Er hatte keine eigene Familie. Nachdem ihn seine Frau wegen eines Bauunternehmers aus Nusantara verlassen hatte, lebte er alleine. Seine Mutter wohnte in der alten

Bergbausiedlung auf der anderen Seite der Insel und seine Schwester arbeitete in der örtlichen Klinik.

Der Bürgermeister ging mit uns zu den Booten, wo Cahiyah an seinen Netzen arbeitete. Ein braungebrannter, etwa 50 Jahre alter, etwas ausgemergelt erscheinender Indonesier mit leicht weißen Bartstoppeln.

„Hallo Cahiyah!"

„Hallo." Er sah uns sehr erstaunt an.

Der Bürgermeister beruhigte ihn. „Cahiyah, diese Leute haben nur ein paar Fragen an dich."

„Hm. Was für Fragen?"

Ich zog den Dolch hervor. „Cahiyah, ist das Ihr Messer?"

Er nahm den Dolch in die Hand und besah ihn sich.

„Ja, das ist mein Messer. Das habe ich schon überall gesucht. Woher haben Sie das?"

„Von einem Dieb, der es Ihnen gestohlen hat."

„Oh, … danke. Aber wegen dem alten Messer hätten Sie nicht extra hierherkommen müssen. Sehen Sie, ich habe noch ein anderes. Das funktioniert auch ganz gut."

„Ja, uns würde aber interessieren, woher Sie dieses Messer hier haben."

Cahiyah zog die Stirn in Falten. „Das Messer, das habe ich bei Conaki gekauft, aber den Laden gibt es schon lange nicht mehr."

Entweder log dieser Cahiyah perfekt oder er hatte wirklich keine Ahnung, was wir von ihm wollten.

„Und wann war das?"

„Das weiß ich nicht mehr. Ist ewig her."

„Janna?"

„Der Griff könnte zwanzig bis dreißig Jahre alt sein, aber die Schneide nicht."

„Oh, ich behandle meine Sachen immer sehr gut."

Frank wurde ungeduldig. „Hören Sie auf mit ihren Lügen! Diese Messerschneide besteht aus einem Diamanten, verstehen Sie. Diamant. Woher haben Sie sie?"

„Diamant? Diamant? Oh nein, das kann nicht sein. Oh Gott, diese Kinder …"

„Was?"

„Ich…, ich weiß nicht, der alte Conaki …"

Janna unterbrach ihn. „Hören Sie, Mister. Ich habe diese Schneide untersucht. Keine Algenreste am Einsatz, nichts. Die Scheide ist nicht länger als 14 Tage in diesem Holzgriff gewesen."

„Ich weiß nichts, nichts, gar nichts."

„Vielleicht fällt Ihnen auf unserem Boot doch noch etwas ein."

„Herr Bürgermeister, wir werden Cahiyah vorläufig mitnehmen. Er steht im Verdacht, Edelsteine gestohlen zu haben."

Der Bürgermeister wollte protestieren, doch Simatupang hielt ihn mit strengem Blick zurück. Er war schließlich der übergeordnete Polizeikommandant.

Als wir ihn auf das Polizeiboot führten, brach Cahiyah immer mehr zusammen. Er schüttelte beständig den Kopf und begann zu weinen. Wir brachten ihn unter Deck und setzten ihn wie einen Gefangenen an einen Tisch. Er stützte sich mit seinen Ellbogen auf der Tischplatte auf, hielt verzweifelt seine Hände vor die Augen und schluchzte leise.

Frank übernahm als erster die Befragung. Er war schließlich geübt darin. „Hören Sie, Cahiyah, wir wollen nichts von Ihnen, aber wir müssen wissen, woher Sie das Messer haben."

Cahiya stammelte leise vor sich hin. „Er wird mich töten. Er wird mich töten."

„Er? Wer ist er?"

Er schwieg.

„Hören Sie, wir sind keine Polizei. Wir haben Mittel, Sie zum Reden zu bringen."

Er schluchzte wieder, schwieg aber weiter.

„Cahiya, Sie haben offensichtlich überhaupt keine Ahnung, in was für Schwierigkeiten Sie stecken. Und wenn ich Sie quälen muss, ich werde herausfinden, woher Sie das Messer haben."

„Ich ..., ich weiß nichts. Nichts."

„Ist Ihnen Ihr eigenes Leben so unwichtig? Sollten wir uns vielleicht lieber um Ihre Mutter kümmern oder um Ihre Schwester?"

„Nein, bitte, meine Mutter kann nichts dazu. Bitte!"

„Sagen Sie uns einfach die Wahrheit. Woher haben Sie das Messer?"

Er blickte schweigend nach unten, saß zusammengesunken vor uns.

Frank schlug mit der Faust auf den Tisch. Cahiyah fuhr zusammen, dann krümmte er sich in Erwartung eines Schlages und schluchzte weiter.

Janna hielt Frank am Arm zurück. Sie flüsterte ihm leise zu, so dass Cahiyah es nicht hören konnte: „Frank. Wir kommen hier so nicht weiter. Wir können ihn doch nicht wirklich foltern."

„Nein, natürlich nicht. Aber normalerweise reicht die Drohung ja auch. Er muss eine fürchterliche Angst vor demjenigen haben, der den Diamanten in das Messer platziert hat."

Frank verließ mit mürrischem Gesichtsausdruck die Kabine und Janna blickte mich fragend an. Ich zuckte mit den Schultern. Ich wusste auch nicht weiter. Cahiyah war der Schlüssel, aber leider ein schweigender Schlüssel.

Nach gut 10 Minuten kam Frank grinsend und wohlgelaunt aus der Kapitänskajüte zurück. Ich sah ihn erstaunt an.

„Frank, was ist denn jetzt los?"

„Ach, alte Angewohnheiten sind doch manchmal zu was gut. Ich habe mit dem Handy alles aufgezeichnet, was dieser Typ gesagt hat und es wieder und wieder angehört. Wissen Sie, manchmal stottern die Befragten und antworten sehr langsam, wenn sie sich eine Lüge ausdenken müssen. Oder sie betonen die Worte plötzlich falsch und lassen absichtlich Dinge weg, die doch eigentlich da sein müssten. Wenn man genau zuhört, kann man viel von dem erfahren, was die Leute gar nicht sagen wollen. Hören Sie sich doch das noch einmal an:

„… Diese Messerschneide ist aus Diamant, verstehen Sie. Diamant. Woher haben Sie sie?"

„Diamant? Diamant? Oh nein, das kann nicht sein. Oh Gott, diese Kinder …"

„Wissen Sie, Ich habe mich das vorhin schon gefragt. Warum sagt er „diese Kinder"? Der Bürgermeister hat doch gemeint, er hat gar keine Kinder."

Ich sah ihn verständnislos an.

„Und jetzt hören Sie sich mal das Ende des Verhörs an."

„... *sollten wir uns vielleicht um Ihre Mutter kümmern oder um Ihre Schwester?"*

Nein, bitte, meine Mutter kann nichts dazu. Bitte!"

Ich verstand immer noch nicht, worauf er hinauswollte, ich stand scheinbar irgendwie auf der Leitung. Janna war schneller als ich.

„Meine Mutter kann nichts dazu! Und was ist mit seiner Schwester? Der Bürgermeister hat gesagt, seine Schwester ist mit einem Ausländer verheiratet und sie hat zwei Kinder. Sollen wir gleich zu ihr gehen und sie befragen?"

Jetzt hatte auch ich verstanden. „Hm, nein. Wartet. Ich will ihn damit konfrontieren."

Ich öffnete die Kabinentür. Unser „Gefangener" saß wie ein Häufchen Elend zusammengesunken in der Ecke.

„Cahiyah, wir gehen jetzt zu Ihrer Schwester."

Er schoss wie von der Tarantel gestochen hoch und packte mich am Hemd.

„Nein! Nein! Nein! Das, ... das dürfen Sie nicht. Sie ... Sie werden sterben. Ich werde sterben! Nein, das dürfen Sie nicht!"

„Tut mir leid, Sie wollen nicht mit uns zusammenarbeiten, vielleicht wird Ihre Schwester das tun."

Ich schob ihn weg und wandte mich zum Gehen.

„Nein! Gehen Sie nicht! Bitte! Warten Sie! Warten Sie! Ich gehe mit Ihnen! Lassen Sie mich mit ihr reden! Bitte!"

„Gut! Gehen wir!"

Er sah auf die Uhr über der Kajütentür.

„Nein. Noch nicht! Es ist viel zu früh! Erst nach 5 Uhr."

„Warum nicht früher?"

„Weil wir früher sterben würden. Nach fünf haben wir eine Chance."

„Wieso?"

Keine Antwort.

„Warum?"

Cahiyah kauerte sich wieder in seiner Ecke zusammen und versank in Schweigen.

Punkt fünf Uhr näherten wir uns dem Haus von Cahiyahs Schwester. Ein schönes Holzhaus mit zwei Stockwerken und einer einladenden Veranda, auf der Bambussessel und kleine Tischchen zum Verweilen einluden. Hier hatte jemand offensichtlich Geschick und Geschmack. Cahiyah klopfte vorsichtig an die Tür.

Eine hübsche, vielleicht 40-45jährige Insulanerin mit langen schwarzen, zu einem Zopf zusammen gebundenen Haaren, öffnete uns. Sie trug einen bunten Sarong, den sie lässig über die Schulter geschwungen hatte. Für eine Millisekunde lächelte sie Cahiyah an, dann bemerkte sie uns, ihr Lächeln gefror und sie starrte ihn wütend und strafend an.

„Cahiyah, bist du denn völlig verrückt geworden? Er ist gerade fünf Minuten weg. Was ist, wenn er noch einmal zurückkommt? Du weißt, dass er keine fremden Weißen mag."

Ich trat nach vorne: „Entschuldigung, Frau Ramdani, Gestatten Sie, Jonas Renner, vom Internationalen Sicherheitsdienst. Ihren Bruder trifft keine Schuld, wir wären auch ohne ihn hierhergekommen. Und wir haben auch nur eine einzige Frage. Vielleicht können Sie uns sagen, woher Cahiyah dieses Messer hat. Er will es uns nämlich nicht verraten."

„Was?" Sie schüttelte den Kopf. „Woher soll ich denn das wissen? Was wollen Sie überhaupt hier?"

Cahiyah schaute schuldbewusst zu Boden. „Ich habe ihnen schon gesagt, dass ich es vom alten Conaki habe, aber sie glauben mir nicht."

„Frau Ramdani, die Schneide dieses Messers ist aus einem Diamanten und irgendjemand hat diesen Diamanten in diese Form gezwungen, oder soll ich besser sagen, jemand hat dieses Messer in ein Diamantmesser **verwandelt**?"

Sie starrte mit offenem Mund auf das Messer, … dann lächelte sie und schüttelte nochmals den Kopf.

„Nein? Ein Diamantmesser? Das ist doch unmöglich. Das gibt es doch gar nicht."

Ich hatte im Kampf um die Aufrechterhaltung des Artenschutzprogrammes etliche Lügner erlebt und kannte die kleinen Unterschiede. Die Pause war viel zu lang gewesen und sie spielte die Überraschte ziemlich schlecht. Sie wusste also Bescheid. Aber wie war es möglich?

„Frau Ramdani, wir haben den Verdacht, dass Ihre Kinder damit zu tun haben könnten."

Ihr Lächeln wurde unsicherer, dann fing sie sich wieder. „Meine Kinder? Wie kommen denn meine Kinder an einen Diamanten? Meinen Sie, sie haben einen Piratenschatz gefunden? Aber natürlich, ich werde sie fragen."

„Wir würden sie auch gerne selbst fragen. Wo sind denn Ihre Kinder?"

„Sie sind wahrscheinlich bei ihren Freunden. Sie haben ihre Hausaufgaben gemacht und sind dann gegangen. Aber sie können sie ja später fragen. Um 6 Uhr müssten sie zu Hause sein. Aber bitte kommen Sie nicht viel später. Um 8 Uhr kommt mein Mann wieder nach Hause und er mag Weiße nicht, besonders fremde Weiße nicht. Ich garantiere für nichts, wenn er Sie hier sieht."

„Gut, dann kommen wir in einer Stunde wieder."

Wir blieben draußen außer Hörweite stehen und ich ließ Simatupang und Cahiyah etwas vorangehen.

„Frank, du bleibst hier und beobachtest sie. Janna, du erkundigst dich unauffällig im Dorf über die Familie. Ich gehe mit Cahiyah und Simatupang wieder zurück zum Boot."

Frank stellte sich sofort hinter einen dicken Kapokbaum und zückte sein Fernglas.

„Chef. Sie ist im oberen Stockwerk und hat ein Handy in der Hand. Sie telefoniert."

„Mit wem?"

Frank grinste. „Ohne Ortungsgerät unmöglich zu sagen. Beim BND war das alles viel einfacher."

Daniel

Verdammt, Anisa war wieder nicht dabei, aber das Spiel war echt lustig. Sie hatten beschlossen, dass dieses Mal ein Kopfball doppelt zählte, und außerdem lagen Rizky und ich gegen Mikael und Chandra 2:1 in Führung. Das war die volle Revanche für Dienstag. Wir mussten einfach immer beim Aufschlag auf

Chandra zielen, damit sie Mikael nicht richtig anspielen konnte. Wenn der einen Ball direkt ans Netz serviert bekam, war er fast nicht zu stoppen. Er war der Sohn des Stationsarztes und der Einzige in der Klasse, der noch größer war als ich. Mann, Alter, sein Handy klingelte aber auch dauernd. Also gut, eine kurze Spielunterbrechung.

Mikael sah auf den Anrufer und drehte sich dann erstaunt zu mir. Er zuckte mit den Schultern und reichte mir wortlos sein Handy.

„Was? Für mich? Mein neues Handy? Oh Scheiße!"

„Danny?"

Meine Mutter! Oh Gott!

„Hör zu, Danny. Ich weiß schon lange, dass du ein zweites Handy hast. Darüber reden wir ein anderes Mal. Aber es gibt jetzt etwas Wichtigeres. Habt ihr ein Messer von Onkel Cahiyah gerendert?"

„Nein, Mama. Wir ..."

„Danny, das ist kein Spaß mehr, das ist bitterer Ernst. Die Polizei war hier und Weiße von irgendeinem Sicherheitsdienst. Sie haben Onkel Cahiyah festgenommen und waren hier am Haus. Weißt du, was passiert wäre, wenn Vater sie gesehen hätte?"

„Mama, das tut mir leid, das mit dem Messer, das war doch einfach nur ein Spaß."

„Ich habe dir schon tausendmal gesagt, solche Späße darf es außerhalb nicht geben.

„Es war innerhalb, ich schwöre es. Es war innerhalb, aber Onkel Cahiyah ist so plötzlich weggegangen und wir konnten nicht mehr zurück, sonst wäre es außerhalb gewesen."

„Keine Ausreden mehr! Komm sofort nach Hause und bring es in Ordnung!"

„O.k."

Mama hatte aufgelegt. Scheiße. Scheiße!

„Danny, komm! Es geht weiter."

„Sorry, ohne mich."

„Was ist denn los?"

„Mama hat mein Handy entdeckt. Ich kriege voll den Ärger."

Ich setzte mich auf mein altes Fahrrad und fuhr los. Buh, was für eine Kacke. Fuck, fuck! Blödes Messer! Halt, …Moment. Celine hatte ja auch mitgemacht, da würde Mama hoffentlich ein Auge zudrücken. Ich hielt an und stieg ab. Mayas Haus war doch gleich da drüben. Ich schloss die Augen und versank.

,Celine? Celine!'

,Du spinnst. Wir sind außerhalb.'

,Celine, wir müssen nach Hause, die Polizei ist da.'

,Was hast du wieder angestellt?'

,Wir! Was haben wir wieder angestellt, Celine? Wir haben Onkel Cahiyahs Messer gerendert und die Polizei hat es gefunden.'

,Oh, … o.k. stimmt. Ich komme, aber mach' solange keinen Quatsch."

Mach keinen Quatsch. Immer versuchte sie, einen als Quatschkopf hinzustellen, nur weil man ab und zu was Lustiges machte und sie nur langweilig Bücher las und sich brav alles für die Schule reinzog. Aber diesmal war sie eigentlich schuld, ich hatte das Messer nur in Panzerglas gerendert, die Idee mit dem Diamanten war von ihr. Schöne funkelnde Steine, typisch Celine. Mach keinen Quatsch! Dabei war sie doch die Jüngere. Warum war sie überhaupt mit mir in einer Klasse? Sie hätte eigentlich in die 9. Klasse gehört. Und dann zog sie ihn jetzt auch noch wegen Anisa auf und ... Ach Scheiße, jetzt ist die Kette runter. Blödes Fahrrad. Ich brauch' unbedingt ein neues.

Jonas Renner

Um 6 Uhr trafen wir uns wieder vor dem Haus der Ramdanis. Ich hatte nur Cahiyah mitgenommen und Simatupang am Boot zurückgelassen.

„Und, Frank?"

„Nichts Besonderes. Der Junge ist vorhin mit dem Fahrrad nach Hause gekommen, das Mädchen zu Fuß. Scheinbar brave Kinder."

Janna bog um die Ecke. „Hi!"

„Hi. Und, was hast du an Neuigkeiten?"

„Nichts Weltbewegendes. Die Frau ist hier aufgewachsen, hat in Bonimpak ihre Ausbildung zur Krankenschwester gemacht und hat dann in der Klinik hier angefangen. Eine recht gut angesehene Frau, hat sich hochgearbeitet aus einer Minenarbeiterfamilie. Vor vielen Jahren haben die Leute hier einen Schiffbrüchigen halbtot am Strand gefunden. Den hat sie monatelang gepflegt und schließlich geheiratet. Zum Mann weiß man nicht viel, noch nicht mal die Nationalität, wahrscheinlich Amerikaner, da er Englisch spricht. Er hat offensichtlich beim Schiffbruch sein Gedächtnis verloren und hat den Nachnamen seiner Frau angenommen, John Ramdani. Er hat recht schnell das Fischen gelernt und ist ein scheinbar völlig normaler Fischer, der aber keine anderen Weißen mag, da er beim Schiffbruch scheinbar ein Trauma erlitten hat. Er hilft am Wochenende oft in der Klinik als Pfleger aus, verdient sich dadurch etwas Geld dazu. Die beiden Kinder müssen in der Grundschule sehr viele komische Sachen angestellt haben, aber beide gelten mittlerweile als relativ normale, sogar recht intelligente Kinder. Das Mädchen ist immer Klassenbeste.

„Na super. Alle sind normal. Wir werden jetzt mal sehen, wie normal die alle hier wirklich sind."

Wir klopften. Frau Ramdani öffnete und bat uns herein. In ihrem geräumigen Wohn- und Esszimmer sah es recht gemütlich aus: Rattanmöbel neben einer sehr europäisch wirkenden Bücherwand und einer Durchreiche zur Küche. Auf der gegenüberliegenden Seite auf einem Bambusregal Bilder der Familie. Sie, mit ihrem Mann und ihren Kindern. Ein weißhaariger Mann mit leichten Bartstoppeln, offensichtlich um einiges älter und einen Kopf größer als seine Frau. Irgendwie kam er mir bekannt vor. Er sah ein bisschen aus wie Ernest Hemingway auf einem Bild, das mir immer im Gedächtnis geblieben war. Er lächelte auf den Bildern, dabei sollte er doch so ein Wüterich sein. Die Kinder waren typische Indos, wie die Indonesier Mischlinge zwischen Indonesiern und Weißen nennen. Braune Gesichter, der Junge mit blauen Augen, das Mädchen mit dunklen. Beide mit dunkelbraunen gewellten Haaren statt den typischen schwarzen, eher glatten Haaren der Indonesier. Der Junge trug ein bedrucktes T-Shirt und eine Sporthose, das Mädchen ein halblanges blau gebatiktes Kleid. Kein Kopftuch, die Ramdanis schienen Christen zu sein, oder zumindest keine sehr strenggläubige Muslime. Na ja, die Malaien hier galten sowieso als religiös äußerst tolerant. Auf Sumatra, wo in Teilen die Scharia galt, hätte es für diese Kleidung schon Stockhiebe gesetzt. Ihre Mutter trug jetzt auch keinen Sarong mehr, sondern eine rote Bluse und einen farblich passenden Rock. Eher die moderne Kleidung der indonesischen Mittelschicht. Wohl keine einfache Krankenschwester, dachte ich bei mir, wahrscheinlich eher Stationsleitung oder OP-Schwester.

Frau Ramdani setzte sich nicht und bat auch uns nicht, uns zu setzen. Ziemlich unfreundlich, besonders für indonesische Verhältnisse, wo neben einer weit verbreiteten Korruption eine überschwängliche Gastfreundlichkeit zur nationalen Grundausstattung gehörte.

„Gut, Frau Ramdani, Sie sagten, um 6 Uhr wäre es Ihnen angenehm und Ihre Kinder sind jetzt ja auch zu Hause."

Ich zog das Messer aus meinem Rucksack.

„Kinder, kennt ihr dieses Messer?"

„Nein", kam es wie aus der Pistole geschossen von dem Mädchen.

„Du hast es dir doch noch gar nicht richtig angesehen. Es gehört eurem Onkel."

Der Junge kam nach vorne. „Ach, zeigen Sie mal. Hm, na ja, kann ja sein. Onkel Cahiyah hat, glaube ich, mal so ein Messer gehabt. "

„Die Klinge besteht aus einem reinem Diamanten."

Der Junge spielte den Überraschten: „Aus einem Diamanten? Aber Onkel, warum hast du uns nie davon erzählt? Dann bist du ja reich. Wow, woher wissen Sie denn, dass es aus einem Diamanten ist?"

Der Junge kam mir immer näher.

„Wir haben es überprüft."

„Das gibt es doch gar nicht. Darf ich es mal haben?"

„Nein." Ich zog das Messer von ihm weg. Irgendetwas war komisch. Warum wollte er unbedingt das Messer haben?

Frau Ramdani. mischte sich ein. „Mister Renner, so sagten Sie, heißen Sie doch, ich glaube auch nicht, dass es aus einem Diamanten ist. Cahiyah, haben sie dir gesagt, dass es aus einem Diamanten ist?"

„Ja." Cahiyah hatte die ganze Zeit wie ein Trauerkloß neben mir gestanden. Jetzt hob er zum ersten Mal seinen Kopf und blickte seine Schwester leicht verunsichert an.

„Du glaubst doch auch alles, Bruderherz. Diamant ist viel härter als Stahl, oder? Zeigen Sie mir doch mal, dass es härter ist als meine Bratpfanne."

Sie holte plötzlich eine Bratpfanne mit Eisenhenkeln aus einem Regal und stellte sie demonstrativ auf den Tisch vor mir. Ich zögerte. Was für ein Spiel hatte die Frau vor? Sollte ich darauf eingehen? Ok. Ich drückte mit dem spitzen Ende des Dolchs schräg gegen die Eisenpfanne. Die Spitze bog sich leicht, ich drückte fester und sie brach ab. Das war definitiv kein Diamant.

Sie lachte. „Die Europäer glauben immer an ihre Technik und wenn ihre Technik sagt, dass ist ein Diamant, glauben sie es, statt es ordentlich zu prüfen. Lassen Sie uns mit Ihrem Unfug zufrieden. Mein Mann kommt gleich und er wird wütend, wenn fremde Weiße ohne seine Einwilligung unser Haus betreten."

Ich hatte verstanden. „Sie haben das Messer verändert. Sie können das. Sie müssen uns helfen. Bitte!"

„Ich verstehe Sie nicht. Bitte verlassen Sie jetzt bitte unser Haus, oder ich schreie das ganze Dorf zusammen."

„Moment mal ..." Frank wollte auf die Frau zugehen. Ich hielt ihn zurück. Hier musste man vorsichtig zu Werke gehen. „Frank, wir gehen. Frau Ramdani hat wahrscheinlich recht." Frank blieb stehen. „Chef? Wirklich?"

„Ja. Wir haben uns bestimmt geirrt. Wir gehen."

Er sah mich erstaunt an, dann folgte er mir.

Als wir draußen waren, grinste ich glücklich vor mich hin. Frank hingegen konnte seinen Ärger kaum noch unterdrücken. „Chef, Was sollte denn das? Das Messer war aus Diamant. Die wollen uns wohl verarschen. Wir müssen herausbekommen, wer es verändert hat."

„Frank, sie haben das Messer zurückverwandelt. Sie können es, sie sind Materiewandler. Aber sie haben Angst. Wir müssen sie überzeugen, dass wir ihnen nichts Böses wollen. Sie könnten uns helfen. Das ist unglaublich! Ich muss VUNAR benachrichtigen. Sie müssen uns Doku-Material schicken und morgen gehen wir wieder hin."

Am nächsten Tag um sechs Uhr abends standen wir wieder vor dem Anwesen. Aus dem Radio ertönte Aishiteru, ein altes Lied von Zivilia, und es roch verführerisch nach Nasi Goreng. Oder war das Nasi Gudeg? Der intensive Geruch zog mich zum Hauseingang, aber meine Ohren machten ihnen einen Strich durch die Rechnung. Das Lachen der Kinder kam nicht aus der Küche, sondern von rechts dahinter. Ich bedeutete allen, leise zu sein, ließ Frank mit Cahiyah am Eingang zurück und schlich mit Janna um das Haus herum. Überall dichte Hecken und Mauern, es gab kaum ein Durchkommen. Da, wieder ein kleiner Aufschrei des Mädchens und eine tiefer klingende, aber unverständliche Antwort des Jungen. Die Kinder spielten scheinbar im Garten hinter dem Haus.

Ganz vorsichtig zwängten wir uns durch eine Mauerlücke und eine verdammt dichtgepflanzte hohe Dornenhecke. Die Kratzer würden wir wahrscheinlich noch tagelang spüren. Dann sahen wir sie. Die beiden Kinder saßen mit verschränkten Beinen auf zwei gegenüberliegenden Seiten des Rasens, während zwischen ihnen ein wilder Kampf tobte.

Eine Riesenboa wand sich um einen Tiger, der sich nahe ihrem Kopf festgebissen hatte. Die Schlange drückte den Körper des Tigers zusammen, der plötzlich nachgab und wie aus Gummi zu sein schien. Aus seiner Haut entflogen Hunderte von Wespen, die auf die Schlange einstachen. Doch die Haut der Schlange verwandelte sich nach den ersten Stichen in einen undurchdringlichen Schuppenpanzer. Die Wespen umtanzten das Tier, sammelten sich und bildeten plötzlich eine Kugel mit Schwingen, die auf den Jungen zuflog. Doch auch die Schlange zog sich zusammen und wurde zu einer Kugel, die auf das Mädchen zu schwebte. Kurz vor ihr zerbrach die Kugel und bunte Schmetterlinge flatterten in alle Richtungen davon. Das Mädchen lächelte, während der Junge etwas genervt den Kopf schüttelte.

Janna starrte neben mir mit großen Augen auf das Spiel. Ich kroch aus der Deckung.

„Hallo!"

Die Kinder sahen mich wie versteinert an, dann sprangen sie auf und liefen ins Haus.

„Mama! Mama!"

Ich sah mich um. Die Fabelwesen waren mit einem Schlag verschwunden. Ich folgte den Kindern langsam ins Haus, während Janna zurückkehrte, um Frank und Cahiyah zu holen.

Frau Ramdani stand in der Küche vor dem großen Esstisch, ihre Kinder hinter ihr. Das Radio war verstummt.

„Was wollen Sie? Gehen Sie doch einfach. Sie machen alles kaputt. Wir wollen hier nur in Frieden leben. Wir tun niemandem etwas."

„Hören Sie, wir wollen niemanden wehtun. Wir wollen auch nur in Frieden leben, genau wie Sie, aber wir möchten, dass die Menschheit überlebt, verstehen Sie."

„Nein. Das verstehe ich nicht. Was wollen Sie denn von uns?"

„Die Menschheit, ja die ganze Erde stirbt, wenn es noch ein paar Jahre so weitergeht wie im Moment."

„Was? ... Ja, aber in den Nachrichten ..., der Präsident hat doch gesagt, ..."

„Der Präsident lügt und die Nachrichten lügen auch."

Für so eine Aussage konnte man sehr schnell im Gefängnis landen. Wenn Frau Ramdani jetzt das Dorf und den Bürgermeister zusammenrief ...

Aber sie sagte nichts, wirkte zum ersten Mal etwas durcheinander. Das musste ich ausnutzen.

„Der Präsident lügt und betrügt die Menschen."

„Hm... "

„Was meinen Sie mit ‚hm'?"

„Hm, Sie sagen im Fernsehen immer, es geht den Meeren gut und es werden wieder mehr Fische, aber unsere Fischer fangen immer weniger. Die Korallen sind alle tot und ohne Korallen gibt es keine Fische. Jakarta ist versunken, aber in den Nachrichten sagen sie, der Präsident hat die Erderwärmung gestoppt."

„Sie wissen also, dass er lügt?"

„Wir leben auf einer Insel, aber nicht hinter dem Mond. Die alten Präsidenten haben auch gelogen. Was für einen Unterschied macht das?"

„Einen Riesenunterschied. Er ist der Präsident der ganzen Welt und entscheidet, was getan und was nicht getan wird. Und es wird in Wirklichkeit nichts, rein aber auch gar nichts, gegen die Klimakatastrophe unternommen, weil alles Geld in den Bau von New Rome gesteckt wird und wer sich weigert, den Befehlen des Präsidenten zu gehorchen, wird erschossen."

„Warum wählt man denn dann keinen neuen Präsidenten?"

„Weil er ein Materiewandler ist und die Wahlzettel und die Gehirne der Menschen beeinflussen kann. Er kann jede Wahl manipulieren, wie er möchte. Seine Leibwache kontrolliert die Polizei und alle Medien. Die Klimaerwärmung geht einfach weiter, denn sie interessiert ihn nicht, ihn interessiert nur sein neues Rom. Eine riesige Stadt, die Abermilliarden verschlingt. Soll ich Ihnen zeigen, was mit den Leuten passiert ist, die nicht aus ihren Häusern ausziehen wollten, um Platz für seine Stadt zu machen?"

Ich hielt ihr das Video vor das Gesicht. Ich sah, wie die Kinder hinter ihr ebenfalls neugierig ins Tablet schauten. Ich kannte das Video. Ich würde es nie vergessen. Man hörte die Explosionen und die Schüsse. Dann die Hilfeschreie, das Gewimmer, dann wieder Schüsse, bis das Gewimmer schließlich verstummte."

„Bitte, Sie könnten uns helfen. Niemand kann den Präsidenten stoppen, es sei denn Sie. Sie haben die gleichen Fähigkeiten wie der Präsident. Helfen Sie uns."

„Nein. Ich ... ich kann nicht."

„Bitte. Wollen Sie denn zusehen, wie die Menschen sterben?"

Plötzlich trat der Junge hervor: „Sie kann Ihnen wirklich nicht helfen."

„Danny!"

„Sie hat keine Fähigkeiten. Nur wir beide und ..."

„Danny!!"

„...Und mein Vater."

„Papa wird ausrasten. Du kommst aus deinem Zimmer nie wieder heraus."

„Mama, ihr könnt uns doch nicht immer verstecken. Wir könnten den Menschen mit so vielem helfen. Wir haben diese fantastischen Möglichkeiten und wir dürfen sie nicht benutzen."

„Niemand sollte so eine Macht haben wie ihr. Zuviel Macht macht Menschen zu Unmenschen."

„Nein, Mama, diese Leute hier haben recht und Vater hat nicht recht mit dem, was er immer sagt. Man kann so viel Gutes in der Welt tun."

„Und wenn ihr euch über etwas ärgert? Wenn ihr euch nicht mehr unter Kontrolle habt? Was passiert dann? Cahiyah, du weißt, was mit Gregorio passiert ist."

Cahiyah, der mit Frank und Janna zur Haustüre hereingekommen war, sah zu Boden und schüttelte heftig den Kopf.

„Er ... er ..."

„Er war ein alter Frauenheld und der Idiot kam zu mir nach Hause und wollte mich küssen. Aber mein Mann kam früher zurück als erwartet."

Cahiyah murmelte mit gesenktem Kopf vor sich hin: „Er...
er hat Onkel Gregorio explodieren lassen."

„Was?", entfuhr es dem Jungen. „Ihr habt immer gesagt,
dass Onkel Gregorio mit seinem Schiff untergegangen ist!"

Das Mädchen hielt sich die Hand vor den Mund, drehte sich
um und rannte nach oben. Der Junge schüttelte den Kopf und
folgte ihr.

Frau Ramdani sah ihren Kindern nach. Dann wandte sie sich
wieder an uns. Sie hatte plötzlich Tränen in den Augen. „Da
sehen Sie, was Sie anrichten! Bitte gehen Sie doch!"

„Ihr Mann hat ihren Onkel getötet? Er hat ihn ermordet!"

„Nein, nein, bitte, es war eine Kurzschlussreaktion. Er
dachte, ich wäre in Gefahr. Es tat meinem Mann anschließend
sehr leid. Gehen Sie doch einfach! Mein Bruder und ich haben
Stunden gebraucht, um all das Blut und die zerfetzten Organe
zusammenzuwischen und zu entsorgen. Diese Fähigkeiten
sind gefährlich, sehr gefährlich. Sie können tödlich sein. Wir
lassen unsere Kinder hier damit spielen, aber sie dürfen sie nie,
niemals außerhalb dieses Hauses benutzen." Sie sah auf die
Uhr. „Sie müssen gehen. Er kommt bald. Er wird sich aufregen,
wenn er Sie hier sieht. Bitte! Wir können Ihnen nicht helfen.
Gehen sie! Bitte, gehen Sie doch!"

„Gut, Frau Ramdani. Aber vielleicht reden Sie noch einmal
mit Ihrem Mann und Ihren Kindern. Denken Sie an all die anderen Kinder, die an Hunger sterben, weil es seit Jahren kein
Geld mehr für die Entwicklungshilfe gibt. Sie arbeiten doch in
der Klinik. Wissen Sie, warum Sie manchmal keine Medikamente mehr bekommen, warum Sie den Kranken nicht mehr
helfen können? Weil die internationalen Handelsströme zu-
sammengebrochen sind, weil alle Ressourcen für die Stadt eines Wahnsinnigen verbraucht werden. Sie haben doch

bestimmt einen Laptop oder wenigstens ein Handy. Geben Sie diese Adresse hier ein. Bitte!"

Ich legte den Zettel mit der Internetadresse auf den Tisch. Sie sah wieder auf die Uhr und wischte ihre Tränen aus dem Gesicht.

„Gehen Sie! Bitte gehen Sie doch!"

Wir verließen zügig das Haus. Ich hatte keine Lust, in meine Einzelteile zerlegt zu werden.

Um acht Uhr abends saßen wir wieder im Polizeiboot. Wir hatten Cahiya gehen lassen. Er hatte schließlich nichts verbrochen. Natürlich, die Mittäterschaft bei der Beseitigung einer Leiche. Sein Schwager hatte damals seinen Onkel getötet. Aber es gab ja gar keine Tatwaffe und es gab auch keine Leiche mehr. Kein Richter der Welt würde eine Anklage zulassen.

Frank machte sich ein Bier auf: „So, Chef. Und was machen wir jetzt?"

„Wir können nichts tun außer hoffen. Wir können die Frau ja zu nichts zwingen. Vielleicht redet sie doch noch einmal mit ihren Kindern und ihrem Mann."

Janna stand auf und lief herum „Was für eine Frau. Sie lebt mit drei Materiewandlern zusammen, die alles verändern können und hat sie unter Kontrolle. Unglaublich!"

So hatte ich Janna auch noch nicht erlebt. Sie schien Frau Ramdani richtig zu bewundern.

Daniel

10 Uhr abends. Papa war eingeschlafen, Mutter werkelte noch in der Küche herum. Darauf hatte ich gewartet. Ich schlich leise hinunter.

„Mama, wusstest du, dass der Präsident rendern kann?"

„Nein."

„Wollen wir ihnen nicht helfen?"

„Nein. Ihr werdet nichts sagen. Papa soll sich nicht aufregen."

„Mama, du hast doch gesagt, dass es immer weniger Medikamente gibt und du den Leuten oft nicht helfen kannst. Die Erderwärmung geht weiter, bis Kalimantan auch noch versinkt. Und du willst nichts tun? Hast du das Video gesehen, mit den Kindern?"

„Ja, und ich will nicht, dass ihr auch so endet."

„Mama, noch zwei Jahre, dann bin ich mit der Schule fertig und erwachsen, dann kannst du mich ohnehin nicht mehr aufhalten. Dann gehe ich, dann haue ich hier ab. Wir sind doch alle hier auf dieser Insel eingesperrt."

„Wir sind hier nicht eingesperrt. Ihr wart schon zwei Mal mit Onkel Cahiyah in Nusantara und wir fahren jedes Jahr im Sommer nach Bali zum Drachenfest."

„Mama, das ist nicht die Welt. Die Welt ist groß und der Präsident ist kein guter Mann, das sagen sie alle."

„Dann müssen sie eben einen neuen Präsidenten wählen."

„Du hast die Leute gehört, er kann rendern."

„Dann sollte man sich vor ihm in Acht nehmen, denn das ist gefährlich."

„Hat Papa Onkel Gregorio wirklich explodieren lassen?"

„Ja. Oh, Danny, es tat ihm anschließend so leid. Es ist so lange her und er hat sich seitdem sehr gut unter Kontrolle. Bitte, lass ihn damit in Ruhe. Du weißt, wie trübsinnig er manchmal werden kann."

„Aber Mama, hör den Männern doch wenigstens noch einmal zu."

„Nein. Und ich will auch nicht, dass du mit ihnen sprichst. Wenn du 18 bist, kannst du tun und lassen, was du willst, aber bis dahin, sorgen wir dafür, dass du hier ein ganz normales Leben führst. Und jetzt Schluss damit. Vielleicht mal zu etwas ganz anderem. Woher hast du das Handy?"

„Oh ..."

Ein Geräusch über uns.

„Papa ist aufgewacht. Wir reden morgen weiter. Und kein Wort mehr über die Fremden."

Jonas Renner

Noch zehn Tage bis zum Tag X, und wir konnten nichts anderes tun als warten. Unsere Diskussionen drehten sich im Kreis. Ich rief VUNAR an. Die Antwort dauerte.

Frank lief währenddessen ungeduldig auf dem Deck herum. „Chef. Wir müssen noch einmal mit der Frau reden."

„Sie will nicht mit uns reden. Sie beschützt ihre Kinder", entgegnete Janna bestimmt. Ich betrachtete Janna genauer. Sie war schon lange nicht mehr die junge Diplombiologin, die in den Dschungel ging, um die Orang-Utans zu retten. Sie musste jetzt um die 40 sein, die ersten Falten um die Augen zeigten sich. Sie konnte sich scheinbar recht gut in Frau Ramdani hineinversetzen, obwohl sie selbst keine Kinder hatte. Warum eigentlich nicht? Sie war doch eine hübsche Frau. Ich schüttelte mich. Auf was für abstruse Gedanken kam ich hier? Keiner von uns dreien hatte eine Familie. Franks Ehe war vor 5 Jahren krachend an der Affäre mit einer seiner Angestellten gescheitert, keine Kinder. Janna hatte damals in der Uni angeblich noch einen Freund gehabt, aber seitdem schien sie hier mit der Biologie verheiratet zu sein. Und ich… ich hatte immerhin noch Xenia.

„Wenn die Frau nicht mit uns redet, müssen wir eben mit den Kindern reden, "entgegnete Frank bestimmt.

Ich legte das Handy zur Seite. „Das werden wir wohl müssen."

„Aber Chef, es sind Kinder!", fuhr Janna wieder dazwischen. Sie verteidigte die fremde Familie, als wäre es ihre eigene. Offensichtlich hatte sie doch einen gewissen Mutterinstinkt entwickelt. Interessant.

Frank wurde wirklich ärgerlich: „Möchtest du lieber mit dem Mann reden und zerfetzt werden?"

„Nein, aber es sind doch noch Kinder…"

Ich stand auf. „Janna, VUNAR sagt auch, die Kinder sind eine kleine Chance, die Welt zu retten. Darum los, die Schule müsste bald aus sein."

Daniel

Oh nein, die Fremden. Sie warteten auf mich. Celine war mit Maya schon weit vor mir. Scheiße. Ich kann auf dem Weg schlecht ausweichen. Geht weg, geht doch einfach weg. Ich musste stehen bleiben.

„Was wollen Sie? Ich soll nicht mit Ihnen reden."

„Wie alt sind sie?"

„Was? Ich bin fünfzehn, aber ich werde bald sechzehn. Was hat das damit zu tun?"

„In vielen Ländern der Erde ist man mit sechzehn erwachsen und kann selbst entscheiden, was man möchte. Nur sterben im Moment viele Kinder, weil der weltweite Handel nicht mehr funktioniert, weil alles nur noch für New Rome und das Wohlergehen des Präsidenten und seiner Leibwache produziert wird."

„Ich weiß, ich weiß, ich habe mir die Videos auf eurer Internetseite angesehen. Es ist schrecklich. Ich habe so viel nicht gewusst. Die Lehrer sagen, er hat alle Kriege beendet, aber …"

„… sie sagen euch nicht, dass er dazu Zehntausende mit Giftgas hat umbringen lassen. Eure Lehrer wollen schließlich nicht ins Gefängnis."

„Aber jemand muss doch etwas dagegen tun."

„Richtig. Wir …, wir versuchen etwas dagegen zu tun. Aber wir brauchen jemanden, der ähnliche Fähigkeiten wie der Präsident hat. Nur so können wir ihn stoppen. Wir brauchen dich und deine Schwester. Ihr könnt uns vielleicht helfen."

„Celine geht hier nie weg. Die will hier mit ihren Freundinnen abhängen, irgendwann Abi machen und studieren."

„In ein paar Jahren gibt es möglicherweise schon gar keine Uni hier mehr. Vielleicht sollte sie mal daran denken. Und was ist mit dir? Du hast die Videos gesehen und willst wegschauen, wie sie Mütter und Kinder ermorden?"

„Nein, …aber … meine Mutter meint …"

„Meine Mutter, mein Vater, …wie alt bist du? Wir fahren morgen wieder ab, denn wir werden bald versuchen, den Präsidenten zu stürzen. Wir könnten deine Hilfe dabei wirklich gebrauchen. Überleg es dir."

Ich wollte nur noch hier weg. Wie kam ich hier raus?

„Ja, ja, ich… Ich überlege es mir."

Ich drehte mich weg. Sie hielten mich nicht auf.

„Wir legen heute Abend um 9 Uhr ab. Komm mit uns! Hilf uns! Hilf der Welt!"

Jonas Renner

Er war weg.

„Chef, müssen wir wirklich schon zurück?", fragte Frank etwas überrascht.

„Nein. Aber wir müssen ihm ein Zeitlimit geben, sonst versucht er seine Schuldgefühle wegzudrücken."

„Haben Sie mittlerweile Psychologie studiert?" Janna lächelte amüsiert.

„Nein. Ich bleibe der Biologie und Ethnologie treu. Ich hoffe nur, es klappt."

9 Uhr abends. Kein Daniel. Mist, es hatte nicht funktioniert. „Und was jetzt?" Janna und Frank starrten mich fragend an.

„Simatupang, lassen Sie den Motor an. Wir fahren." Der Polizist sah mich verwundert an. Er schaltete die Lichter an und wollte die Verankerung lösen.

„Halt! Halt!" Daniel kam auf dem Landungssteg angehechtet. „Warten Sie! Warten Sie! Ich komme mit." Er schwang sich aufs Boot.

Ich atmete tief durch. Buh, es hatte doch noch geklappt. Simatupang ließ den Motor laufen und das Boot nahm Fahrt auf. Beziehungsweise, es wollte Fahrt aufnehmen, doch trotz dröhnenden Motors bewegte es sich nicht von der Stelle.

„Was, zum Teufel?" Ich sah Daniel an, aber er zuckte mit den Schultern.

Auf der Landungsbrücke bewegte sich im Dunklen etwas. Ich leuchtete mit dem Handy hinüber. Ein Mädchen in einem blauen Kleid. Celine! Sie hielt das Boot mit ihrer Gedankenkraft fest.

Daniel sah sie auch und rastete schier aus. „Celine, lass sofort das Boot los!"

„Nein, du kommst mit mir nach Hause. Du spinnst wohl!"

„Nein, ich gehe. Lass los!" Er schloss die Augen. Das Boot bewegte sich langsam vom Steg weg.

Dann wurde es mit einem Ruck wieder an den Landungssteg gezerrt.

„Gut, dann gehe ich mit. Ich will nicht, dass du Quatsch machst."

„Oh nein. Das wirst du nicht."

Wir bewegten uns wieder etwas vom Landungssteg weg. Dann plötzlich wieder ein Ruck zurück. Das Boot begann zu ächzen und zu knirschen. Wenn die beiden nicht aufhörten, würde es bald in zwei Teile zerbrechen.

„Daniel, lassen Sie sie an Bord. Zwei Wandler sind besser als einer und wir brauchen das Boot noch."

„Oh, aber sie ist so eine …" Er sah mich an, atmete schwer, scheinbar kostete ihn die Auseinandersetzung mit seiner Schwester viel Kraft. „Also gut, komm!"

Simatupang schaltete den Motor ab und das Boot glitt sanft an die Landungsbrücke. Das Mädchen stieg ein und starrte seinen Bruder wütend an. „Du weißt, was für einen Ärger wir bekommen werden."

„Celine, woanders sterben Menschen, und du denkst daran, dass du vielleicht mal ein paar Tage nicht zu deinen blöden Mädelstreffen gehen kannst."

„Du bist ein Idiot, das hätte ich Anisa gleich sagen können."

Ich ging dazwischen. „Entschuldigt Kinder, aber wir haben es wirklich eilig. Erstens gibt bald eine Chance, den Präsidenten zu treffen, und ihr könntet uns dabei helfen und zweitens sollten wir vielleicht hier weg sein, bevor euer Vater euer Verschwinden bemerkt."

Die beiden Streithähne starrten mich an. Die Erwähnung ihres Vaters zeigte augenblicklich ihre Wirkung. Celine biss sich auf die Lippen. Es musste jetzt nur schnell weitergehen. Ich winkte Frank herbei.

„Unten im Schiffsraum gibt es Betten für euch. Frank zeigt euch eure Kajüte. Legt euch hin und ruht euch aus. Morgen früh sind wir in Nusantara."

Sie folgten Frank brav nach unten und ich gab Simatupang Zeichen, so schnell wie möglich loszufahren.

Celine

Was für eine riesengroße Dummheit! Was wollte ich überhaupt hier? Ich wollte ja eigentlich nur Daniel aufhalten und jetzt saß ich auf diesem verdammten Schiff hier fest und es fuhr weg. Mama, Mama, was habe ich bloß gemacht? Warum habe ich ihr nicht einfach Bescheid gesagt, dass dieser Idiot abhaut. Oh dieser Idiot, dieser blöde Idiot.

„Hallo!"

Eine Stimme hinter mir. Eine große schlanke Frau mit einer Pferdeschwanzfrisur stieg die Treppe herunter.

„Hallo!"

„Ich bin Janna, Janna Lehmann. Und du heißt Celine, oder?"

„Ja, aber das wissen Sie doch."

„Trotzdem stellt man sich gegenseitig vor, oder?"

Ich sagte nichts. Was wollte die Frau von mir?

„Celine, wir haben nicht so viele Kajüten. Wir Frauen müssen uns diese Kabine teilen."

Jonas Renner

Zwei Tage später landeten wir wieder in Frankfurt. Wir hatten es geschafft. Ein normaler Urlaubstrip für den reichen Herrn Petersen und mit der gleichen Maschine landete Frank Holster, angeblich ein ehemaliger Footballstar, mit seinen beiden Kindern aus erster Ehe und seiner zweiten Frau. VUNAR war genial.

Kaum hatte ich das am Förderband der Gepäckausgabe gedacht, summte auch schon mein Handy. ZEN rief an, was wollte er?

„Renner, wir haben hier ein Problem. Die Zentrale wird von der Leibgarde ausgespäht. Ich fürchte, wir müssen sie aufgeben. Bringen Sie die beiden Kinder in Sicherheit, am besten zu Ihnen nach Hause. Keine Kontaktaufnahme mit der Zentrale über das Handy. Wir vermuten, dass eine Ortung läuft. Ich kontaktiere Sie zu Hause. Sie haben doch noch ihr Festnetz, oder?"

Ein leichter Anflug von Heiterkeit in seiner Stimme. Ich war wahrscheinlich einer der letzten Menschen auf dieser Erde, die noch über einen Festnetzanschluss verfügten.

„Ja, aber wie ist denn das passiert?"

„Das wissen wir nicht. Die Leibgarde hat sich in unser Mobilfunknetz gehackt. Vielleicht haben sie irgendeinen Anruf zurückverfolgt."

Ein Verdacht stieg in mir hoch. Der Bürgermeister. Vielleicht hatte er die Ausreden Simatupangs hinsichtlich der verschwundenen Kinder nicht geschluckt und ihn übergangen. Und die Polizisten in Nusantara hatten die Leibgarde informiert. Hatten sie meine Telefonate von Sungai Bali nach Frankfurt überprüft? Hoffentlich war Simatupang schnell genug abgetaucht.

Immerhin waren die Leibgardisten offensichtlich nicht auf die Idee gekommen, die Passagiere dieses Flugs zu überprüfen. Oder doch? Dann nichts wie raus hier. Schnell, ich musste Frank und Janna warnen. Und ich musste Xenia anrufen.

Nach zwei Stunden kamen wir unbehelligt in Würzburg an. Noch sieben Tage bis zum Tag X und ich sollte die beiden Kinder hier verstecken. Aber was war der Plan? Abgesprochen war bis jetzt nur, dass die beiden sich hier erst mal akklimatisieren sollten. Platz genug war ja in unserem Haus. Ich hatte mit Xenia gesprochen, sie würde ein Zimmer für Celine räumen.

Die beiden Kinder waren auf dem gesamten Weg sehr schweigsam. Sie waren nur mit Schauen oder Scannen wie sie sagten, beschäftigt. Sie kannten zwar Flughäfen und europäische Länder aus dem Internet, aber sie wirkten manchmal wie erschlagen. Deutschland musste ihnen etwa so fremd vorkommen wie uns Indonesien bei unserem allerersten Besuch.

Am meisten erschlagen waren sie allerdings, als wir Zuhause ankamen und Xenia die Tür öffnete. Ich hatte ihnen gesagt, dass ich eine Tochter hatte, hatte aber glatt vergessen zu erwähnen, dass sie im Rollstuhl saß.

„Hallo Papa. Hallo, ihr zwei."

Ich beugte mich zu ihr hinunter, umarmte sie und gab ihr einen Wangenkuss. „Hallo Xenia, schön wieder Zuhause zu sein. War alles o.k. die Woche?"

„Ja, Gina war da und wir haben viel Spaß gehabt. Sind das die zwei?"

Ich stellte meinen Koffer in den Flur und sah zurück. Die beiden Wandler rührten sich nicht, standen mit ihren Koffern weiter draußen vor der Tür.

Xenia grinste sie an. „Hey, was ist mit euch? Wollt ihr nicht auch reinkommen?"

Daniel

Ich konnte mich nicht bewegen. Das war alles ein Traum. Diese Straßen, diese Häuser und …Xenia. Das war das absolut schönste Mädchen, das ich je gesehen hatte. Ein Engel mit ihren gewellten blonden Haaren, ihrem strahlenden Lächeln und ihrem weißen Kleid. Ein Traum. So ein Mädchen gab es höchstens als Fee in Disney-Filmen. Aber sie saß im Rollstuhl. Wie …?

„Also ich heiße Celine und das da ist mein Bruder Danny", unterbrach Celine meine Gedanken und reichte Xenia die Hand. „Und wenn er nicht gerade träumt, kann er sogar sprechen."

Mir wurde heiß. Ich wurde wahrscheinlich gerade puterrot. „Danny, Danny Ramdani. Hi, wie geht es dir?"

Celine sah mich strafend an und deutete dann mit dem Kopf Richtung Rollstuhl.

Xenia lächelte nur. „Oh, mir geht es gut. Es war ein bisschen einsam ohne Papa, aber jetzt habe ich ja Besuch, das ist toll. Kommt rein."

Sie drehte den Rollstuhl und fuhr in den Flur. Wir tapsten hinterdrein. Ich schüttelte mich. ‚Wie geht es dir? Wie doof von mir! Warum war mir nichts Besseres eingefallen?'

Sie fuhr zu einer breiten Wendeltreppe und klinkte ihren Rollstuhl in eine Halterung an der Wand. „Ich fahre hoch. Soll ich eure Koffer mitnehmen?".

„Äh, nein. Ich …"

„Die Koffer sind nicht schwer, wir tragen sie hoch." Celine schon wieder. Konnte sie nicht einfach mal ruhig sein und einen zu Wort kommen lassen.

Xenia war schneller oben als wir. „Daniel, du kannst da drüben in Papas altem Arbeitszimmer schlafen. Gina hat dort ein Bett aufgebaut. Celine, du kannst in meinem Nebenzimmer schlafen, da steht noch ein Klappbett. Darauf haben früher meine Betreuer auch immer geschlafen."

Ich schlich etwas geknickt in mein Zimmer. Ein Bett neben dem Fenster und Regale voller alter verstaubter Bücher. Ein Schreibtisch mit einem Monitor. Kabel, aber kein Laptop oder Tablet darauf zu sehen. Wahrscheinlich hatte Herr Renner seine Sachen nach unten gebracht. Oder hatte Xenia sie nach unten gefahren? Wie schaffte sie das alles, ohne Aufstehen zu können?

Celine

Xenia gefiel mir. Das Mädchen war etwas älter als ich, vielleicht Dannys Alter und sie schien dauernd gute Laune zu haben. Als mir der Koffer vom Bett rutschte und dabei die bunte Nachtischlampe mitriss und zerschlug, lachte sie nur.

„Oh, Xenia, das tut mir so leid."

„Tidak masalah."

„Was? Wieso sprichst du indonesisch?"

„Ach, ich kann fast nichts. Ich bin zwei Jahre in die internationale Schule in Nusantara gegangen, bis ich acht war. Der Unterricht war aber auf Englisch und mehr als ein paar Sätze indonesisch kann ich wirklich nicht. Wir bleiben lieber beim Englischen. Ich hole mal Schaufel und Besen für die Scherben."

„Es tut mir wirklich leid."

„Oh, mir gar nicht, aber das darfst du Papa nicht erzählen. Weißt du, es war ein Geschenk von ihm, und Geschenke darf man ja nicht weggeben. Aber sie war so scheußlich. Er meint es ja gut und ich wollte auch eine bunte Lampe, aber Männer haben manchmal einen schrecklichen Geschmack, oder?"

Ich musste unwillkürlich an Kirou denken, der immer wie ein Paradiesvogel angezogen in die Schule kam, und an Waryan mit seinem viel zu kurzem T-Shirt, unter dem sich sein dicker Bauch hervorwölbte. Ich grinste.

„Das stimmt." Etwas krampfte wieder im Bauch. Oh Scheiße, jetzt nicht! Ich hatte es die ganze Zeit schon geahnt.

„Xenia, gibt es hier oben auch eine Toilette?"

„Ja, gleich draußen rechts."

Verdammt, so ein Mist. Ich hatte ja gar nicht mitkommen wollen. In Nusantara hatte ich mit Janna nur schnell europäische Kleidung eingekauft und an nichts anderes gedacht. Oh nein, nein, alles rot. Verdammt, warum hatten Jungs keine Regel? Was mache ich denn jetzt?

Xenia sah mich prüfend an, als ich zerknirscht aus der Toilette kam.

„Alles in Ordnung?"

„Ja, ich habe nur vergessen, was mitzunehmen"

„Ach so. Im Schränkchen unter dem Spiegel, in der Schublade ganz rechts."

Ich ging zurück in die Toilette. Genau, da waren sie und auch die richtige Größe. Xenia war meine Rettung. Sie war so selbstständig, dabei war sie doch behindert. Nein, Mama sagt immer, das soll man nicht sagen und auch nicht denken.

Zwei Minuten später war ich wieder da.

„Danke."

„Schon gut. Ich vergesse die Dinger auch manchmal."

Ich starrte etwas zu lange auf ihre Beine.

„Ja, meine Beine haben Räder bekommen, aber der Rest funktioniert noch."

Sie grinste schon wieder. Ihre gute Laune war ansteckend und ich musste auch kichern.

„Xenia, du bist unglaublich. Was … was ist eigentlich passiert? Oh, Entschuldigung, das sollte ich dich wahrscheinlich nicht fragen."

„Schon gut. Ein Autounfall. So ein betrunkener Vollidiot ist von der Seite in unser Auto gecrasht, und wir sind durch die Leitplanke den Berg hinuntergestürzt und haben uns dabei ein paar Mal überschlagen."

„Das tut mir leid."

„Da kann man nichts machen. Das war vor sechs Jahren. Ist passiert."

„Deine Mama …?"

„Ist dabei gestorben." Sie klang plötzlich gar nicht mehr fröhlich, doch dann riss sie sich zusammen.

„Tja, jetzt muss ich alleine auf Papa aufpassen. Papa arbeitet hier bei der Ausländerbehörde, aber er macht auch irgendwelche Arbeiten für so eine Organisation, über die er nicht reden darf. Was macht dein Papa?"

Sie wollte von dem Thema weg, das war o.k.

„Er ist Fischer. Und samstags hilft er immer im Krankenhaus als Pfleger. Er hatte auch einen schweren Unfall. Er ist irgendwie von einem Boot gefallen und fast ertrunken. Meine Mutter hat ihn gesund gepflegt. Wahrscheinlich ist er damals vom Boot geschubst worden, denn er mag keine anderen Weißen mehr sehen. Er kann sich aber eigentlich an gar nichts mehr erinnern."

„Das ist manchmal gut, wenn man sich nicht mehr erinnern kann. Ich kann mich an den Unfall von damals auch nicht mehr erinnern. Voller Blackout. Hm, … leider hatte ich vor den Ferien auch einen Blackout."

„Was?"

„Ach, na ja, nicht so wichtig, in der Schule. Die Lehrerin fragt dich nach der Herstellung von Salzsäure. Und du hast es gelernt und es ist plötzlich wie weg. Und dann fragt sie dich nach Schwefelsäure und dann war plötzlich alles weg. Kennst du so was? Ich muss es Papa noch sagen. Ich hatte noch nie eine Sechs und ich war doch sonst immer so gut in Chemie."

„Oh, das Gefühl von dem Blackout kenne ich. Aber meistens habe ich es dann in letzter Sekunde doch noch hingekriegt."

Wir erzählten noch lange weiter, zuerst ging es über die Schule, dann über Indonesien und Deutschland. Es wurde langsam spät.

„Jetzt mal echt, Celine. Ihr seid doch nicht wirklich auf Austausch hier. Wieso hat euch Papa wirklich aus Indonesien geholt?"

„Hm, ich glaube, ich muss deinen Papa fragen, ob ich dir das sagen darf. Das ist bestimmt blöd für dich, oder?"

„Ja, schon gut. Es hat bestimmt etwas mit seiner komischen Organisation zu tun. Schlaf gut."

Daniel

Ich konnte einfach nicht einschlafen. Xenia war so wunderschön. Hatte sie einen Freund? Was war das mit ihren Beinen? Nein, nicht daran denken. Denk an Anisa. Verdammt, denk an die Leute, die sterben, weil dieser verrückte Präsident nur an sich denkt. Denk an … Oh, Xenia … Ich könnte sie ja mal vorsichtig …. Ich …

‚Danny! Du scannst.'
‚Oh Scheiße, Celine. Ich wollte mich nur umsehen, wo wir hier sind.'
‚Du wolltest Xenia scannen, oder?'
‚Nein, wie kommst du darauf?'
‚Hör auf damit, sonst sag' ich es ihr.'
‚Ich mach' doch gar nichts.'
‚Dann hör auf mit dem Nichts oder ich sage es ihr. Gute Nacht!'
‚Gute Nacht.'

Blöde Celine. Warum musste sie auch mitkommen? Ich sollte ihr das Abendessen im Magen in Alkohol verwandeln wie damals in der Grundschule dem fiesen Arka, der mir das Pausenbrot geklaut und aufgegessen hatte. Hihi, er hatte sich so oft übergeben… Warte mal… in den Körper, in den Körper … Ich hatte eine Idee. Morgen früh würde ich sie ausprobieren. Ich war genial.

Jonas Renner

O.k. Ich war wieder auf dem Laufenden. Der Plan war, am Sonntag in einer Woche zuzuschlagen, bei der Vollversammlung der UNO. Die Befreiungsaktion des Präsidentenbruders sollte schon vormittags anlaufen, dann würden einige von uns sich als Präsidentenvertreter unter die Teilnehmer mischen und sobald der Präsident auftauchte, würden wir versuchen ihn gegen Simon auszutauschen. Ein verrückter Plan, doch das Befreiungsteam war sich ziemlich sicher, dass er funktionieren könnte. Aber Simon war jahrelang eingesperrt gewesen. Würde er wirklich in der Lage sein, sich gegen seinen Bruder durchzusetzen? Wir mussten ein Überraschungsmoment kreieren. Das Team würde versuchen, den Präsidenten abzulenken und ich sollte im Notfall mit den beiden Wandlern Simon unterstützen.

Die Klingel. Ich sah auf den Monitor. Janna grinste mich an. Ihr Grinsen war einfach unglaublich. Im Laufe der Jahre hatten sich kleine Lachfalten um den Mund gebildet und durch ihren braunen Pferdeschwanz zogen sich einige silberne Strähnen, aber sie war nach wie vor eine hübsche, stets gut gelaunte Frau. Fast wie meine Frau. Ich schob den Gedanken ärgerlich zur Seite und löste die elektronische Verriegelung.

Zwei Minuten später klopfte sie an der Tür meines Arbeitszimmers.

„Hallo, Chef. Alles klar?"

„Ja, hast du die Mail gelesen?"

„Ja, ich glaube, Celine würde sich freuen, wenn ich auch mitkommen würde. Ich habe bei VUNAR schon mal angefragt, ob das geht. Wo ist Celine überhaupt?"

„Sie hat kaum was gefrühstückt und wollte allein spazieren gehen. Ich glaube, sie ist immer noch ziemlich sauer auf ihren Bruder."

„Du hast sie alleine loslaufen lassen? Sie kennt sich hier doch gar nicht aus."

„Macht nichts, sie hat ja … Oh, nein, sie hat ja gar kein Handy."

„Ich gehe ihr hinterher."

„Sie ist noch nicht lange weg. Sie ist oben am Steinweg Richtung Stadt gelaufen. Du holst sie bestimmt noch ein."

Janna joggte los und ich sah ihr nach. Wir waren gerade vom „Sie" zum „Du" übergegangen, ohne dass wir es gemerkt hatten. Wahrscheinlich war das einfach so, wenn man viel miteinander zu tun hatte.

Celine

An diese Art Frühstück musste ich mich wirklich gewöhnen. Diese luftigen sichelförmigen und dann die aufgeblasenen kugelförmigen Brotteile, das war wirklich komisch. Dazu strichen die Leute hier Fett auf ihr Brot und dann noch Marmelade darüber. Seltsame Sitten. Ich vermisste meine tägliche Ration

Tempe. Gab es hier kein Tempe? Gestern diese schrecklichen Kartoffeln und das Fleisch dazu, das war Schweinefleisch gewesen. Maya hätte garantiert einen Schreianfall bekommen. Gab es denn hier gar keinen Reis?

Es gab hier am Weg jedenfalls keine Reisfelder, weder Palmen-, Maniok- noch Teeplantagen, nur irgendwelches Getreide und Weinstöcke überall. Und der Wald da vorne sah auch nicht gerade nach Kapokbäumen aus, das waren alles Nadelbäume und Eichen. Ich dachte jedenfalls, dass das Eichen wären. Die Laubbäume sahen hier ohnehin alle gleich aus. Ich blieb stehen. Diese Stadt da unten war auch komisch, wie aus einem amerikanischen Film. Lauter Steinhäuser, viele ziegelgedeckt. Auf Sebuku gab es kaum Steinhäuser, und Ziegelhäuser gab es höchstens in Kotabaru. Omas Häuschen hatte nur ein Dach aus Bambus und Palmwedeln, das man alle paar Jahre auswechseln musste. Die Menschen in Deutschland hatten so viel mehr Geld als wir. Zwischen den Häusern ragten ab und zu Kirchen auf. Aber keine Moschee, kein einziges Minarett zu sehen. Gab es hier gar keine Muslime? Gab es keine Hindus? Der Fluss da unten glitzerte im Sonnenlicht. Er sah sehr schön aus, aber wo war das Meer? Wo war der Strand? Oh verdammt, ich wollte nach Hause.

Ein Joggerpärchen war gerade an mir vorbeigelaufen und hatte nicht großartig reagiert. Die Joggerin war blond und groß gewesen, größer als ich. Wahrscheinlich waren hier alle so groß, so wie Janna. Und jetzt waren alle hier weiß, und ich war braun und mal wieder die Außenseiterin. Na super.

Die zwei Jungs mit den Baseballcaps, die mir entgegenkamen, sahen mich so komisch an. Warum bleiben sie stehen? Was wollen sie von mir?

„Tut mir leid, ich verstehe eure Sprache nicht."

Mit dem Team konnte man Indonesisch sprechen und mit Xenia Englisch, aber dieses komische kratzige Deutsch, das klang wie die verhassten Niederländer in den Filmen über den Unabhängigkeitskrieg … Warum verstehen die Jungs hier denn kein Englisch?

„He, nicht anfassen. Lass mich los, du Idiot! No! Verstehst du das nicht? No!"

Oh Gott, was für Tiere gab es hier? Warane? Krokodile? Tiger? Denk nach! Schnell, Celine!

Ein riesiger Grizzly erhob sich plötzlich angriffsbereit hinter den beiden Jungen und riss sein gewaltiges Maul auf.

„Hallo Celine, warte doch auf mich!"

Janna! Der Idiot ließ mich los. Janna joggte heran, und die Jungs drehten um und gingen dahin, wo sie hergekommen waren. Der Grizzly war verschwunden. Sie hatten ihn gottseidank nicht gesehen. O.k. das war außerhalb gewesen, aber Papa hatte doch gesagt, wenn uns Gefahr drohte ….

„Celine, was wollten die denn von dir?"

„Ich weiß es nicht. Ich habe sie nicht verstanden."

„Mittlerweile gibt es hier sehr viele komische Typen. Mädchen sollten selbst am Tag nicht mehr alleine herumlaufen. Das war früher anders, aber jetzt ist hier leider niemand mehr sicher. Wo willst du denn überhaupt hin?"

„Ich weiß es nicht. Ich laufe nur geradeaus, dann finde ich auch wieder zurück."

„O.k. Pass auf, ich gehe mit dir. Aber mach bitte keine Grizzlys mehr."

„Entschuldigung. Aber der Blödmann hat mich festgehalten und nicht losgelassen. Ich wusste nicht, was ich machen sollte."

„Ja, ist schon gut. Aber wenn so was noch mal passiert, keine Grizzlys mehr, bitte. Es gibt in Deutschland nämlich gar keine

Bären. Nimm Wölfe, die vermehren sich hier wie wild, weil sie immer noch nicht abgeschossen werden dürfen."

„Entschuldigung."

„Du brauchst dich doch nicht dauernd entschuldigen. Woher solltest du denn wissen, was für Tiere es hier gibt."

Janna sah hinunter auf die Stadt.

„Gefällt dir unsere Stadt?"

„Hm, ich weiß nicht. Sie ist so …anders."

„Das geht mir jedes Mal auch so, wenn ich nach Indonesien komme. Komm mal mit, ich zeige dir, wo ich arbeite."

Wir liefen viele steile Treppen nach unten, dann ein ewiges Stück an der Straße entlang. Diese trockene, staubige Luft in Deutschland, man konnte ja kaum atmen. Es fuhren immerhin nur wenige Autos und die breite Straße war voller Schlaglöcher. Längst nicht so tiefe und so viele wie bei uns, aber Schlaglöcher. Dabei lieferten sich in den Fernsehfilmen aus Amerika oder Europa die Verbrecher doch mit der Polizei immer Autorennen. Alles uralte Filme und KI-Fakes erklärte mir Janna. Es gab seit Jahren kein Geld mehr für Reparaturen an den Straßen. Jeder Cent wurde eingespart, um die zehn Prozent an New Rome abliefern zu können. Schließlich erreichten wir auf verschlungenen Wegen eine kleine Anhöhe. Ein Schild mit „Botanischer Garten" tauchte vor uns auf."

„Was ist das hier?

„Mein Institut."

„Und was machst du hier?"

„Etwas, was ich nie machen wollte", lachte sie leicht sarkastisch. „Ich verändere Pflanzen gentechnisch."

„Wozu?"

„Es wird durch den Klimawandel viel zu warm und zu feucht in Deutschland und es gibt fürchterliche Stürme. Viele einheimische Pflanzen überleben das nicht. Viele verdorren oder verwelken im Sommer, andere bringen nur sehr kleine Früchte oder Samen hervor. Die Züchtung hitzeresistenter tiefwurzelnder Pflanzen dauert zu lange, darum versuchen wir es jetzt eben mit Gentechnik. Aber wir haben kaum noch Materialien, selbst Petrischalen werden knapp. Die kamen immer aus China, aber die Chinesen haben die Preise so erhöht, dass sie jetzt eine deutsche Firma herstellt. Aber dort steht die Produktion im Moment auch still, weil die Betreiber Ärger mit der Polizei haben. Sie haben scheinbar ihre Einkünfte nicht korrekt angegeben. "

Wir verließen das Labor und traten ins Freie.

„Und das ist unser Garten."

Ich sah mich um. „Hier ist doch alles verdorrt."

„Nicht alles. Komm, ich zeige dir, was mir wirklich Freude macht."

Daniel

Gut, Celine war spazieren gegangen. Ich konnte sie nicht mehr spüren und sie mich damit auch nicht. Das war der Moment, auf den ich gewartet hatte. Ich war verrückt, aber ich … ich würde es ausprobieren. Ich klopfte.

„Ja?"

Ich öffnete die Tür. Xenia saß mit einem Handy auf ihrer Couch. Ihr Rollstuhl stand griffbereit neben ihr. Sie lächelte mich an.

„Xenia, Celine ist spazieren gegangen. Was machst du so?" Sie nahm einen Airpod heraus.

„Ich höre Musik. Magst du „Quadrophonia?"

„Keine Ahnung. Was ist das?"

„Hör mal rein." Sie hielt mir einen Airpod hin.

Ich setzte mich neben sie und hörte mit. Ihr Arm lag neben meinem Arm, ihr Haar roch so wunderbar. Es war einfach fantastisch.

„Und, wie findest du sie?"

„Ich, äh, cool."

„Cool?"

Scheiße, ich hatte überhaupt nicht auf die Musik geachtet. Sie war sehr leise und sehr langsam „Ja, gut, so beruhigend."

„Ja, das find ich auch. Erzählst du mir, warum ihr hier seid?"

„Hm, nein. Ich glaube, das darf ich nicht."

„Ihr müsst ja was ganz Besonderes sein, wenn mein Papa euch extra aus Indonesien hierherholt.

„Hm, ja, na ja. Wir können ein bisschen zaubern."

„Wegen Zaubertricks holt er euch?"

„Das sind keine Tricks."

„Du kannst doch nicht wirklich zaubern."

„Doch."

„Ja, und ich bin eine Hexe und fliege durch die Nacht. Hu!"

Ich schloss die Augen. Ein Besen tauchte aus dem Nichts auf und wirbelte vor Xenias Augen herum. Sie starrte ihn fasziniert an.

„Wie machst du das?"

„Das weiß ich auch nicht so genau. Es geht einfach."

Das war zwar etwas geschwindelt, aber ich fand, es klang gut. „Willst du fliegen?"

„Sehr witzig. Ich kann doch noch nicht mal laufen."

Ich renderte ihre Couch in einen leichten Bambuskorb und erdachte viele kleine Flügel an den Außenseiten. Sie hoben den Korb auf einen Meter Höhe. Xenia erschrak und bewegte sich. Der Korb schwankte plötzlich bedenklich. Mist!

„He, lass mich wieder runter!"

„Ja, ja. Tut mir leid. Gleich."

Ich stellte die Couch wieder her.

„Das ist verrückt., absolut verrückt. Ihr seid wie der Präsident. Materiewandler, oder?"

„Ja."

„Verrückt. Kannst du alles verwandeln?"

„Na ja, alles, was Materie ist. Allerdings ist Materie unterschiedlich kompliziert. Ich erdenke einen Vogel, aber dieser Vogel hat dann keine echten Knochen, kein Blut, keine Nerven. Der Vogel ist nur eine Materieansammlung, die funktioniert wie ein Vogel, weil ich es will, aber er führt kein eigenes Leben."

„Das verstehe ich nicht. Was meinst du damit?"

„Nun, wenn ich … wenn ich zum Beispiel versuchen würde, deine Beine wieder zum Laufen zu bekommen, könnte ich die Nerven nicht einfach erdenken, das würde nicht funktionieren, das wäre viel zu kompliziert, sondern ich könnte nur vorhandene Nervenzellen kopieren und verlängern …"

„Das kannst du vergessen, meine Nerven wachsen nicht mehr zusammen, das ist absolut unmöglich, das haben mir tausende von Ärzten schon gesagt. Aber ich kann auch ganz gut ohne Beine leben."

„Unmöglich ist es nicht, aber ich weiß nicht …, ich müsste halt was in deinem Körper verändern und …"

72

„Du willst was an meinem Körper verändern?" Sie grinste frech. „Was gefällt dir denn nicht an mir?"

„Nichts, nein, gar nichts ... ich dachte nur ..." Ich wurde wahrscheinlich gerade puterrot.

Sie lachte. „Daniel, du bist süß, weißt du. Hast du eigentlich Angst?"

„Was? Nein, ich ..."

„Ich habe keine Angst mehr. Tausend Doktoren haben an mir herumgeschraubt, und das war manchmal überhaupt nicht lustig, aber du kannst deine Zauberkünste gerne auch noch an mir ausprobieren. Was muss ich denn machen?"

„Du? Gar nichts. Nur ruhig daliegen."

„Muss ich was ausziehen?"

„Nein!" Scheiße, warum schrie ich denn so?

„Haha, schon gut, das hätte ich ja auch gar nicht gemacht. Ich lege mich einfach hin und du verzauberst mich, o.k.? Darf ich dabei Musik hören?"

„Ja. Entspann dich. Das ist am besten."

Ich schloss die Augen.

„Und wenn ich einschlafe?"

„Oh, bitte, Xenia. Sei einfach ruhig."

Celine

Das längliche Gebäude hatte riesige, ziemlich beschlagene Fenster. An einigen Stellen hatten sich die Blätter großer Pflanzen innen an die hohen Fensterscheiben angelegt.

„Komm herein, Celine."

Eine große Tür, dann noch eine Tür und plötzlich war ich wieder zu Hause. Da war die feuchte warme Luft, der würzige Geruch des Dschungels, die dunklen Blätter der großen Bäume, …"

„Das ist unser altes Tropenhaus. Es ist auch schon etwas heruntergekommen, aber ich habe es mir zur Aufgabe gemacht, die Vielfalt der Arten hier zu bewahren."

„Das ist ja wie in …"

„Ja, wir haben damals einige Pflanzensetzlinge aus Borneo mitgenommen und sie hier angepflanzt. Für den Fall, dass es den Urwald in Indonesien bald nicht mehr gibt."

„Es ist so …. so schön."

Ich schwebte förmlich durch das Tropenhaus, saugte die feuchte Luft und den Geruch des Urwalds in mich auf. Und dann das Plätschern des kleinen Bächleins… Oh, wie in den Bergen ganz oben in Sebuku, wo wir mit den Eltern am Sonntag manchmal wandern gingen.

Aber der Gang endete nach nur ca. 10 Metern und da war schon die nächste Tür. Ich öffnete sie und stand in einer kalten Wüste. Ich schloss die Tür schnell wieder und drehte mich zurück zu Janna.

„Warum ist da eine Wüste?"

„Das sind Pflanzen aus der kalten Atacama-Wüste. Seit sie dort großflächig seltene Erden abbauen, gibt es kaum noch einen Lebensraum für sie. Wir hatten auch noch zwei weitere

Lebensbereiche, aber die Aufrechterhaltung des Tropenhauses kostet Geld und wir haben keines mehr. Ich arbeitete hier ehrenamtlich, neben meinem normalen Job im Labor."

Daniel

Oh, Mann. Xenia lag auf dem Sofa vor mir und hatte die Augen geschlossen. War sie eingeschlafen oder tat sie nur so? Sie war so wunderschön. Ein Traum. Celine war scheinbar weit weg. Ich könnte Xenia jetzt scannen, sehen wie sie unter der Kleidung aussah. Nein! Nein! Danny, du bist kein Schwein. Du bist der, der sie heilt, und sie wird dich dafür lieben. Konzentriere dich. Sie ist keine Materie mehr, sie ist ein Energiebündel. Vorsichtig, suche. Da, die Wirbelsäule, wo sind die Nervenenden? Ja, ihr blöden Zellen, verdoppelt euch, verlängert euch, findet den Weg zurück. Gut, gut, aber welcher Nerv gehört zu welchem Ende? Die Zellen hatten doch ein Gedächtnis. Verbindet euch doch einfach. Ja, so. Halt. Irgendwas war komisch. Ich musste zurück. Oh nein, Xenia zuckte im Schlaf wie wild zusammen.

Zurück, zurück! Irgendwie passte da was nicht. Scheiße, warum geht das denn nicht? Alles zurück an den Anfang. So, und jetzt langsam verlängern. Ganz langsam! Danny, du musst genauer hinsehen. Ach so, da. Die anderen Zellen sind im Weg, deswegen funktioniert die Verbindung nicht. Also Kommando zurück und immer nur einen Nerv langsam auf den Partner hin verlängern. Ja, das ist gut so. Und jetzt einen nach dem anderen. Oh Gott, das sind ja Hunderte. Das dauert ja ewig.

Celine

Zwei Stunden später waren wir wieder zurück. Xenia erwartete uns in ihrem Rollstuhl an der Tür.

„Celine, Janna, kommt schnell!"

„Was ist?"

„Danny. Er wollte mir helfen. Aber… jetzt ist er…".

Sie schniefte und schüttelte den Kopf. Tränen standen in ihren Augen. Was hatte Danny nun wieder angestellt?

„Wo ist er?"

„In meinem Zimmer, aber er…".

Ich raste an ihr vorbei, Janna hinter mir her. Daniel lag zusammengesunken auf dem Boden vor Xenias Sofa. Xenia rollte hinter uns ins Zimmer.

„Ich bin eingeschlafen und als ich aufgewacht bin, lag er schon so da. Ich kann machen, was ich will, er bewegt sich nicht."

Janna beugte sich über ihn.

„Er atmet noch." Sie schüttelte ihn. Er regte sich nicht. Sie probierte es wieder, aber er ließ sich nicht aufwecken.

„Er ist wie bewusstlos."

„Wie ist das passiert, Xenia? Was habt ihr gemacht?"

„Er hat gesagt, er kann zaubern und meine Beine wieder zum Laufen bekommen, aber ich war so müde und bin bei der Musik eingeschlafen und als ich aufwachte, lag er schon so da."

„Er hat gesagt, er will deine Wirbelsäule heilen?"

„Ja, und dann hat er wie so ein Jogi dagesessen und ich bin eingeschlafen."

„Dieser Idiot." Ich sah sie an. Sie saß im Rollstuhl. Konnte es sein? Ich schloss die Augen und scannte ihre Wirbelsäule. Wo waren die durchtrennten Nerven? Ich erschrak. Es war unglaublich.

Herr Renner kam ins Zimmer. Er sah uns verwundert an.

„Was macht ihr denn da? "

Ich wollte Danny nicht scannen, wir hatten uns schließlich versprochen, das nie zu machen, aber das war ein Notfall und es blieb mir keine Wahl. Ich spürte ganz vorsichtig nach ihm. Er war da, aber er leuchtete nicht.

„O.k. Jetzt weiß ich, warum er nicht aufwacht."

„Warum?"

„Janna, der Idiot ist völlig fertig. Man braucht normalerweise nicht viel Energie, um Materie zu verändern, aber wenn man zu lange und zu viel Energie verbraucht…"

„Was meinst du damit?"

„Hm, wie erklär ich das? Stell dir einen Triathleten auf Hawaii vor, der sich ins Ziel schleppt und dann einfach nicht mehr aufstehen kann."

„Das verstehe ich nicht. Was hat er denn gemacht?", fragte Xenia mit leiser Stimme. Sie schien Schuldgefühle zu haben, weil sie eingeschlafen war.

„Er hat deine Wirbelsäule geheilt."

„Was? Celine, das ist wirklich nicht witzig. Ich sitze immer noch im Rollstuhl." Xenia wurde mit einem Schlag ziemlich ärgerlich. So hatte ich sie noch nicht gesehen.

„Du kannst aber auch aufstehen."

„Nein, kann ich nicht!" Sie schrie fast und sah mich wütend an. „Das kann ich nicht!"

Jonas Renner

Ich starrte Celine an und dann Xenia. Ich atmete tief durch. „Xenia, Celine macht keine blöden Scherze. Ich habe diese Kinder schon Dinge vollbringen sehen, die ich auch nicht geglaubt habe. Versuch mal, deine Beine zu bewegen."

„Papa, nein …ich…! Das haben wir doch schon so oft…!"

„Versuch es einfach mal."

„Also gut." Sie hob ihr rechtes Bein. Es bewegte sich! Sie starrte ihr Bein erschrocken an, setzte es ab und hob ihr linkes Bein.

„Ich … ich spüre meine Beine."

Xenia starrte Celine an, dann mich. Eine Mischung aus Unglauben und Angst.

„Steh auf, Xenia. Wir halten dich." Ich schob meine Arme unter ihre und Janna übernahm die andere Seite. Dann hoben wir sie langsam aus dem Rollstuhl, sie stand unsicher, nach vorne gebeugt.

„Papa?"

„Mach einen Schritt. Ich halte dich."

Ihr Bein zuckte, hob sich und bewegte sich nach vorne, das zweite Bein folgte. Ich musste sie halten. Sie war seit sechs Jahren nicht mehr gestanden, seit sie zehn war. Noch ein Schritt, dann noch einer. Sie kicherte, dann fing sie an zu weinen und setzte sich wieder in ihren Rollstuhl. Ich kauerte mich neben sie und weinte mit ihr.

Celine

Alle freuten sich, aber ich scannte Danny noch einmal. Keine Veränderung, ich hatte es geahnt. Er war immer noch genauso dunkel. Was jetzt? Wie …? Ich winkte Janna, mit mir ins Nebenzimmer zu kommen.

„Janna, ich weiß nicht, wie wir Danny wieder zurückholen können."

„Kann er sich denn nicht einfach erholen?"

„Nein. Das kann er nur, wenn er hier ist. Aber sein Geist ist immer noch in der Energiewelt."

„Kannst du ihm denn keine Kraft geben, damit er zurückkehrt?"

„Nein."

„Das heißt, er wird nicht wieder aufwachen?"

„Ich…" Ich spürte das Würgen im Hals und die Tränen in den Augen. Janna nahm mich in den Arm, und ich fing an zu schluchzen.

„Janna, ich weiß es nicht. Der Idiot. Wir haben immer aufgehört, wenn wir müde wurden. Papa hat uns gewarnt, und Mama hat auch gesagt, wir sollen nicht zu viel spielen. Janna, er wird nicht mehr aufwachen, und ich bin schuld. Ich hätte ihn nicht allein lassen sollen, ich hätte ihn nie hierher fahren lassen sollen. Ich bin schuld!"

Ich konnte die Tränen nicht mehr halten und Janna nahm mich in ihre Arme. Ich hatte Danny verloren.

Es war drei Uhr früh. Ich konnte einfach nicht einschlafen. Danny würde nicht mehr aufwachen. Nie mehr! Er war ein schrecklicher Angeber und er konnte so ein Idiot sein, aber … er war doch ein toller Bruder, mein Bruder. Er konnte doch nicht einfach weg sein, nicht mehr da sein! Aber sie hatten alles probiert. Kalte Kopfdusche, laute Musik, sogar kleine Schläge, er hatte auf nichts reagiert. Er lag da wie Vater früher im Krankenhaus, jedenfalls wie Mutter es mir erzählt hatte. Ich schreckte hoch. Das war es! Das war es! Danny würde mich dafür den Rest meines Lebens hassen, wenn er es erführe, aber ich wusste keine andere Möglichkeit mehr. Er würde sonst nie mehr aufwachen. Ich musste es tun. Aber würde es überhaupt funktionieren? Und wenn, was würde dann passieren? Egal. Ich musste es versuchen. Ich schloss die Augen und versank.

Zehn Minuten später klopfte ich bei Janna an der Tür.

„Janna, hast du ein Pendel?"

Janna richtete sich auf und rieb sich die Augen.

„Celine, es ist drei Uhr nachts. Was ist denn los?"

„Ich weiß jetzt, wie man Danny aufwecken kann. Ich brauche dazu aber ein Pendel."

„Ein Pendel?"

„Ja, etwas womit man Hypnose machen kann."

„Was?"

„Hypnose ist ein Vermittler zur Energiewelt, sie löst den Geist etwas vom Körper, aber ein Geist kann dadurch auch wieder in unsere Welt zurückkehren und sich erholen."

Noch einmal 10 Minuten später standen alle rund um Daniels Bett, und Mr. Renner bewegte einen Schnürsenkel, an den er ein Kreuz als Anhänger aufgehängt hatte, als Pendel über Dannys Kopf hin und her. Es sah aus wie in irgendwelchen Gruselfilmen.

„Das klappt nicht, Celine. Er kann das Pendel doch gar nicht sehen."

„Doch. Er sieht es als Energieform in seiner Welt."

„Woher weißt du das mit der Hypnose?"

Ich hatte mir meine Lüge mittlerweile gut zurechtgelegt.

„Oh, mir ist das eingefallen, was mir meine Mutter über meinen Vater erzählt hat. Sie hat sich damals im Krankenhaus um ihn gekümmert und dabei ist ihr aufgefallen, dass er sich immer etwas bewegt hat, wenn sie sich mit ihrem Halskettchen über ihn beugte und es hin und her schwang. Dann hat sie es mit einem Pendel versucht und er ist aufgewacht."

Mit einem Mal öffnete Daniel den Mund und … gähnte. Seine Augenlider hoben sich, er blinzelte uns an und schloss seine Augen sofort wieder.

„Daniel, wach auf." Janna schüttelte ihn. Keine Reaktion.

„Sinnlos. Es hat nicht geklappt, Celine."

Das konnte doch nicht wahr sein. Ich scannte ihn. Er leuchtete wieder. Ich strahlte die anderen an, die mich erstaunt ansahen. „Alles ist gut. Er ist wieder da."

„Aber er schläft doch immer noch."

„Oh, er erholt sich nur. Morgen früh ist er wieder der Alte."

Buh, und dann würde ich ihm einfach erzählen, dass Mama mir die Geschichte mit der Hypnose irgendwann einmal erzählt hat.

Um 10 Uhr morgens wachte Danny wieder auf und um zwölf saßen wir alle wieder gemeinsam am großen Küchentisch. Xenia saß wie gewohnt in ihrem Rollstuhl. So ganz traute sie ihrem neuen Leben wohl noch nicht.

Danny dagegen hatte sich bestens erholt und spielte sich als grandioser Wunderheiler auf: „Ja, und dann verstand ich, wie man die Nerven verbinden musste, und dann war mir alles klar. Es war nicht einfach, aber ich habe es geschafft."

Er strahlte Xenia an.

„Xenia, du musst doch jetzt wieder das Laufen lernen. Komm, wir machen nachher einen Spaziergang."

„Nein!", fuhr Herr Renner energisch auf. „Xenia muss zu Hause bleiben. Wenn sie plötzlich läuft, fragt sich jeder, wie das sein kann und schon steht die Polizei oder die Leibgarde hier vor der Tür."

Xenia starrte ihren Vater überrascht an. „Aber … aber ich habe heute Abend Basketballtraining."

Danny verstand wieder mal gar nichts.

„Basketball? Aber du …?"

„Rolli-Basketball. Und wenn ich nicht komme, denken alle, ich bin krank."

„Genau das sollen sie auch denken", warf Herr Renner ein.

„Ich will aber da hin. Dann … dann schnalle ich meine Beine einfach fest."

„Nein, das merken sie. Das geht nicht", erwiderte Herr Renner.

„Aber ich …, ich will …"

War sie wütend oder weinte sie? Vielleicht beides. Auf jeden Fall drehte sie ihren Rollstuhl mit einer schnellen Bewegung herum und fuhr, ohne zu essen, zur Tür hinaus. Von draußen hörte man ein leises Schniefen oder Schluchzen.

„Was ist denn los mit ihr?" fragte Danny verwundert. Er war wirklich schwer von Begriff.

Herr Renner stand auf. „Alles o.k. Daniel. Xenia muss sich jetzt an ein neues Leben gewöhnen, das kann manchmal sehr schwer sein. Ich rede mal mit ihr." Er lief zur Tür.

„Xenia, Xenia. Warte!"

Danny drehte sich zu mir und zuckte mit den Schultern. Ich konnte mich nicht mehr zurückhalten.

„Danny, du checkst aber auch nie etwas."

„Was willst du denn schon wieder?"

„Was meinst du, warum sie zum Basketball will? Da sind ihre Freunde. Hast du sie eigentlich mal gefragt, ob sie einen Freund hat? Vielleicht sitzt der auch im Rollstuhl, und jetzt ist sie da draußen und heult, weil du Idiot ihr ganzes Leben zerstört hast."

„Ich habe ihr Leben nicht zerstört. Ich habe sie gerettet."

„Ach ja? Ich habe dich gerettet, weil du nicht mehr aus der Energiewelt herausgekommen bist."

„So ein Quatsch. Ich war nur müde und bin eingeschlafen."

„20 Stunden lang?"

„Na und? Manchmal schläft man halt länger."

„Oh, du bist so ein Idiot. Meinst du wirklich, Xenia steht auf so einen Dummkopf wie dich?"

Der Drache vor mir riss sein schreckliches Maul auf und wollte mich verschlingen, aber das Horn meines Einhorns durchbohrte krachend seinen Kiefer. Der Drache drehte mit einem Ruck seinen Kopf und riss mein Einhorn mit sich. Es erlosch, aber ein zweites magisches Pferd erhob sich hinter dem Drachen und versetzte ihm einen harten Schlag mit den Hufen. Der Drache röchelte, aber aus seiner Haut schlängelte sich eine Boa und wand sich blitzschnell um den Hals meines Einhorns, doch aus der wilden Mähne des Pferdes erhob sich ein großer Mungo und tanzte vor den Augen der Schlange, die mehr und mehr in eine Starre verfiel. Aus dem Nichts formte sich ein Leopard hinter meinem Mungo. Doch mein Mungo wuchs, entwickelte eine schuppige Echsenhaut und verwandelte sich in einen großen Komodo-Waran.

„Was... was macht ihr da?" Xenia hielt sich im Türrahmen fest.

„Wir … wir spielen," keuchte Danny. Drache, Einhorn, Mungo, Schlange, Leopard und Waran verschwanden.

„Entschuldigt wegen vorhin. Ich muss mich an einiges gewöhnen." Sie zog mehrmals die Nase hoch und schluckte ihre Tränen hinunter. „Danny, wenn du willst, dann gehe ich nachher mit dir ein Stück im Haus."

„Natürlich, gerne." Er drehte sich zu mir und grinste spöttisch, dann stolzierte er zu Xenia und bot ihr den Arm zur Stütze an.

Er hatte gewonnen. Der Dummkopf hatte wieder mal gewonnen. Es war doch wieder einfach unglaublich!

Hm, wenn Xenia gebeugt lief, war sie fast so groß wie Danny. Das hieß, wenn sie sich gerade aufrichten würde, wäre sie genauso groß, vielleicht sogar noch größer als er. Mindestens 1,75m oder sogar 1,80m? Und sie war schon fast siebzehn. Danny, ein Mädchen, das größer und älter ist als du? … Kein Mädchen aus meiner Klasse interessierte sich für einen Jüngeren, die meisten hatten Freunde in der 11. oder 12. Klasse. Fast alle hatten schon einen Freund, … nur ich nicht.

Daniel

Ein wunderbarer Tag. Xenia und ich waren im Haus alle Zimmer entlang gegangen. Wie sie lachte, als sie sich in diesen komischen LIFTA setzte und zwei Stockwerke hochfuhr und ich die Stufen neben ihr hochrannte. Und dann zeigte sie mir ihr Zimmer. Ich hatte leider null Ahnung von den vielen Büchern, von denen sie mir erzählte. Ein paar wenige hatte ich immerhin als Verfilmungen gesehen. Und dann hatten wir zusammen ein paar crazy Tiktok-Videos angeschaut. Tiktok war eigentlich gar nicht so mein Ding, aber die Videos waren ok. Sie hatte mich umarmt, bevor sie in ihr Zimmer ging. Sie roch so gut und ihr Haar war so weich …

„Hallo Daniel!"

„Herr Renner!"

„Nun, was macht Xenia?"

„Oh, wir haben viel geübt und sind durch alle Zimmer und Gänge gelaufen und jetzt tun ihr die Beine weh und sie ist müde und wollte nur noch schlafen. Sie haben ein sehr großes Haus und wir sind zweimal durch alle Räume gelaufen, dann konnte sie nicht mehr."

„Ja, ja, ihr macht das super. Das Haus ist groß, da wart ihr wirklich fleißig. Ich habe dir vorhin einen Laptop in dein Zimmer gestellt, da kannst du dann mit deinen Freunden in Indonesien kommunizieren."

„Oh, vielen Dank. Das mache ich gleich."

Jonas Renner

Daniel hatte recht. Das Haus war riesig, viel zu groß für zwei Personen. Eigentlich konnte ich mir so ein Haus mit meinem kleinen Gehalt als Mitarbeiter der Ausländerbehörde auch gar nicht leisten, aber es war ja Sylvias Elternhaus gewesen. Ein Haus mit Garten und Pool am Spitalweg oberhalb des Steinbachtals mit Blick über das Tal und die Stadt. Unbezahlbar. Mindestens 10 Millionen Euro wert. Kein normal hart arbeitender Mensch bekam in seinem Leben auch nur eine halbe Million zusammen. Alle Häuser hier oben hatten etwas mit unfairen Gehältern oder mit unfairen Praktiken zu tun. In der Nachbarschaft wimmelte es nur so von Rechtsanwälten, Ärzten, Kieferorthopäden Professoren, Managern, Unternehmensberatern, Börsenspekulanten und so weiter. Sylvias Vater war ein gerissener Immobilienmakler gewesen, der bei jedem Hausverkauf statt 2 Prozent heimlich 10 Prozent einsteckte, indem er den Verkäufern einen niedrigeren Verkaufspreis angab, als der Käufer tatsächlich zahlte. Die Differenz wurde separat auf eines seiner Konten überwiesen, angeblich damit sich der Verkäufer die Kapitalertragssteuer sparte. Ich mochte meinen Schwiegervater nicht besonders, jemanden, dessen einziges Interesse der Vermehrung seines Geldes galt. Er war vor vier Jahren an einem Herzinfarkt gestorben und Xenia hatte sehr geweint. Sie hatte jetzt nur noch mich und ihre Oma, eine liebe Frau, die nach Opas Tod in eine kleine Wohnung in Heidingsfeld gezogen war. Sie hatte, wie ich, in eine reiche Familie eingeheiratet und wollte wieder dahin, wo sie herkam, unter normale Menschen in einer Kleinstadt. Ich hatte das Haus behalten, hatte die unteren Räume als Büro und Archiv für mich eingerichtet, während wir die oberen als unsere eigentliche Wohnung nutzten, und die zweite Etage mit der Auffahrt zum Spitalweg für Xenia hergerichtet war. Sie liebte es, dort alleine mit ihrem E-Rolli entlang zu brausen und auf die Stadt hinunter schauen zu können. Leider waren weder der Schützenhof noch der Nikolaushof für eine Einkehr wirklich behindertengerecht, aber Xenia fand fast immer eine Lösung. Fast immer, denn seitdem der Weg nicht mehr geräumt wurde, blieb sie oft im Schlamm stecken, der von den Feldern gespült wurde, und ich musste sie schieben. Als sie nicht mehr laufen konnte, waren wir anfangs wie früher auf den Spielplatz im Wald gegangen, und ich hatte sie auf die Seilbahn und die Schaukel gesetzt. Ich hatte ihre Beine festgeschnallt und sie hatte sich festgehalten. Sie war so ein wunderbares tapferes Mädchen. Und jetzt konnte sie wieder gehen. Es war einfach unfassbar.

Ich merkte, wie meine Augen feucht wurden. Würden wir wieder wie früher joggen gehen hinauf bis zur Frankenwarte und über den Nikolaushof zurück oder durch das Steinbachtal und über die Annaschlucht hoch zu uns nach Hause? Würden wir wieder im Dallenbergbad die breite Rutsche nebeneinander hinunterschießen? Ich schüttelte mich. Blödsinn! Xenia war bald siebzehn und würde den Quatsch wahrscheinlich nicht mehr mitmachen. Na ja, vielleicht mir zuliebe. Aber das „Dalle" war ohnehin seit fünf Jahren geschlossen. Die Stadt hatte kein Geld mehr und das würde sich so schnell nicht ändern. Apropos Stadt, ich musste an die Arbeit. In meiner Abwesenheit waren verdammt viele Anfragen von Flüchtlingen eingegangen, vor allem zu Arbeitsmöglichkeiten. Die Zahl der Flüchtlinge war in den letzten Jahren um einiges zurückgegangen, aber das lag keinesfalls an der Lage in ihren Heimatländern, die hatte sich extrem verschlimmert, sondern daran, dass sie sich selbst die altersschwächsten Boote nicht mehr für ihre

Reise über das Mittelmeer leisten konnten. Hatten sie überlebt und waren tatsächlich hier angekommen, waren Arbeitslosigkeit und Wohnungsnot ihr nächstes Schicksal. Laut Arbeitsagentur hatten wir hier eine Arbeitslosigkeit von 9,5 Prozent und waren dabei noch eine der wenigen Städte mit einer Quote unter 10 Prozent. Die meisten Städte im Norden und im Osten lagen schon bei über 20 Prozent. Vor 15 Jahren hatte man sich die Arbeitsstelle noch aussuchen können, jetzt standen meist 100 Bewerber einer einzigen offenen Stelle gegenüber. Und die Stadt verwies alle Leute aus dem Nahen Osten und Asien an mich, weil ich ja arabisch und indonesisch konnte. O.k. jetzt erst mal an die Akten, dann ans Handy.

Daniel

Geil, dieser Laptop. Das Ding war ja tausendmal schneller als unser altes Teil zu Hause. Und keine Mama, die einem den Laptop nach einer Stunde mitten im Spiel wegnahm. Hey, wieso ist denn keiner da? Ach so, es ist bei uns schon 24 Uhr . Oder erst 24 Uhr? Verrückt, diese Zeitzonen. Alle schon im Bett? Mal sehen, was passiert, wenn ich eine WhatsApp in die Community schreibe…. Hm, Anisa schlief wahrscheinlich auch schon. Anisa… Oh Mann, man konnte doch nicht zwei Mädchen gleichzeitig lieben. Xenia war so wunderschön, aber irgendwie war sie immer noch ein bisschen distanziert. Wir hatten heute viel gelacht, und sie hatte mich am Schluss leicht umarmt, aber nicht mehr. Hatte sie tatsächlich einen Freund und traute sich deswegen nicht? Dann war das vielleicht irgend so ein komischer Rollifahrer, und sie konnte ja jetzt laufen. Wahrscheinlich musste sie ihn erst mal treffen und ihm von mir erzählen. Oh nein, hoffentlich will sie nicht, dass ich dem Typen auch helfe. Tut mir leid, Junge, Xenia liebt mich. Morgen gehen wir wieder spazieren und dann… Und Anisa…?

Was, wer ist dabei? Ha, Mohammed, natürlich, und Rizky steigt auch gleich ein. Um kurz nach 24 Uhr. Geil. Was geht? Fortnite oder PUBG? PUBG? Ok., Leute, Abflug nach Sanhok! Jungs, mit dem Laptop und dem Server hier habt ihr keine Chance. Jetzt seid ihr dran. Hier kommt Sandokan, der Tiger von Kalimantan. Dieses Mal bin ich der letzte Überlebende. Waffenkauf!

Jonas Renner

Der nächste Morgen. Janna war nach dem Frühstück gekommen und wir sahen uns mit den beiden Wandlern die Übertragung der Feierlichkeiten an. Die Selbstbeweihräucherung des Weltpräsidenten war wirklich unerträglich.

„Von diesem wundervollen Platz wird die Erneuerung der Welt ausgehen. Unser New-Rome wächst, blüht und gedeiht.

Und welch schöne Menschen bringt diese Welt hervor." Er zeigte auf seine Parade der Superreichen mit ihren Frauen und die Führer der Leibgarde. „Und ich selbst werde mich an der Vervollkommnung der Menschheit beteiligen. Ja, ich habe vor, selbst wunderbare Kinder zu bekommen."

Er sah nach rechts, wo die letztjährige „Miss World" Platz genommen hatte. Ihr Lächeln konnte man durchaus als etwas gequält bezeichnen.

„All den vielen Menschen der Erde, die diese wunderschöne Anlage mit ihrem Zehnten möglich gemacht haben, rufe ich zu: ‚Seid stolz, dass ihr diese Pracht erschaffen habt, dieses Neue Rom aus Marmor, Gold und Edelsteinen. Nein, es ist mehr als ein Neues Rom, es ist ein Neues Jerusalem, das hier entsteht, denn manch einer meint, hier nicht mehr auf Erden zu sein, sondern im Himmel.'"

Er streckte seine Hand nach oben und ein riesiger Regenbogen erschien über der Arena.

Ein tausendfaches „Oh" entfuhr den Leibgardisten.

„Diese Idioten", entfuhr es mir. „Die allerwenigsten von ihnen werden jemals in New Rome wohnen, das ist nur für die obersten Führer der Leibgarde und die Milliardäre reserviert. Und jeder, der versucht, durch das Sperrgebiet und über die Mauer hinein zu kommen, wird sofort erschossen …"

„Also das mit dem Regenbogen kann ich auch", unterbrach mich Danny. „Das ist easy. Der Typ hat auch nicht mehr drauf als wir."

„Hm, gut, dann zeige ich euch mal etwas anderes".

Ich schaltete das Staatsfernsehen ab und griff auf die VUNAR-Videos zu.

„Das hat er nach dem letzten Attentat gemacht und es ins Netz für die Sicherheitskräfte gestellt."

Janna blickte absichtlich zur Seite, sie kannte das Video und wollte es nicht sehen. In einer Art begrüntem Innenhof stand ein etwas verängstigt wirkender junger Mann, der von zwei Leibgardisten festgehalten wurde. In circa 10 Meter Entfernung stand der Weltpräsident auf einem schmalen Gehweg, der sich durch die Anlage zog.

„Gebt ihm seine Waffe zurück und lasst ihn los."

Die Leibgardisten zögerten.

„Wollt ihr sterben, ihr Narren? Lasst ihn sofort los!"

Die Leibgardisten folgten gehorsam dem Befehl und händigten dem Mann seine Waffe aus. Sie sah aus wie ein schweres Gewehr, an dessen Unterseite eine kleine Rakete saß.

Der Präsident lachte. „Nun, du kleiner sinnloser Mann. Was willst du jetzt tun?"

Der Mann überprüfte seine Waffe.

„Sie ist geladen. Du wolltest mich doch töten. Tue es!"

Der Mann zögerte. Er überprüfte noch einmal seine Waffe. Dann fixierte er den Präsidenten und entsicherte das Gewehr.

„Das ist eine Falle, oder?"

Der Präsident lachte, wieder dieses irre Lachen „Nein. Du wolltest mich doch töten, also versuch es doch wenigstens."

Der Mann hob plötzlich seine Waffe und zog ab. Die Rakete zischte blitzschnell auf den Präsidenten zu … und explodierte.

Als sich der Rauch langsam verzog, stand der Präsident in einer glasigen, eiförmigen roten Hülle, an der die Rauchschwaden entlangzogen. Er lachte wieder.

„Man kann mich nicht töten, denn ich bin unsterblich. Hat dir denn das niemand gesagt? Dummer kleiner Mensch. Nicht einmal eine Atombombe kann mich umbringen."

Er hörte unvermittelt auf zu lachen und sah den Mann spöttisch an. „Du bist allerdings sterblich. Und unnütz". Er hob seinen Zeigefinger und drehte ihn langsam im Kreis. Ein weißer

Faden schien aus dem Zeigefinger hervorzuquellen und wurde zu einem Schwert. Er betrachtete es kurz zufrieden. Dann sah er wieder zu dem Mann, grinste und mit unglaublicher Geschwindigkeit flog das Schwert auf den Mann zu und durchbohrte seine Brust. Man sah seine Augen noch ungläubig starren, den Mund offen, dann fiel er nach hinten.

Der Präsident lachte. „Nicht sehr standfest, der kleine Attentäter. Bringt ihn weg!"

Die Leibwächter nahmen den Toten mit, das Schwert war verschwunden.

Ich drehte mich um. Celine hatte die Augen geschlossen. Hatte sie den Schluss überhaupt gesehen? Danny sah ziemlich beeindruckt aus.

„Hm, so einen Schutzschirm, den könnte ich auch bauen. Aber ich glaube ihm das mit der Atombombe nicht."

„Was?", schrie Celine plötzlich von hinten auf und riss Daniel herum. „Danny, verdammt noch mal! Hast du überhaupt zugesehen? Das war …" Sie schüttelte den Kopf. „Wir fahren sofort nach Hause."

„Wieso?", entfuhr es Danny verdutzt.

„Wieso? Danny, wach auf, wach verdammt noch mal endlich auf. Das ist kein blödes Computerspiel! Das da, das ist ein Mörder, ein echter kaltblütiger Mörder und sein Schutzschirm hat gerade eine Rakete aufgehalten. Eine Rakete! Was willst du denn dagegen tun? Gegen dieses Monster kämpfen? Er ist zehnmal stärker als wir!"

„Wir müssten halt vorher mal richtig trainieren…"

„Du Dummkopf, du dummer, dummer Dummkopf!"

Jetzt lief Danny langsam rot an. „Und du blöder Angsthase. Versteck dich doch für immer in deinem Loch. Vergrab dich! Verbuddle dich! Wärst du doch zu Hause bei deinen

Puppenhäuschen geblieben oder bei deinen blöden Tiktok-Spielchen. Wir brauchen dich hier nicht."

„Du Blödmann. „Du bist so was von doof. Und das warst du schon immer."

„Celine!", versuchte Janna verzweifelt dazwischen zu gehen, doch Celine war nicht mehr zu stoppen.

„Bitte Mr. Renner, bitte bringen Sie uns nach Hause. Sie haben gesagt, Sie wollen leben. Ich will auch leben. Ich will nach Hause. Ich will weg hier."

Die letzten Sätze gingen in Schluchzen über und sie lief in ihr Zimmer.

Janna sah mich an, atmete tief durch und ging ihr langsam nach. Ich hörte ein entferntes Türenschlagen.

Ich drehte mich zu Daniel. Er wirkte wütend, aber auch etwas nachdenklich.

„Was ist Danny? Hat sie recht?"

„Hm, nein, na ja ... er hat sehr viel Energie, ja. Ich weiß nicht, wie ich das sagen soll. Er kann die Materie zu einem dichten Schutzschirm umbauen. Das ist verdammt schwer. Ich habe das ein paar Mal probiert, aber es ist sehr anstrengend."

„Hm. Willst du auch nach Hause?"

„Nein. Ich muss halt trainieren, dann bekomme ich das auch hin."

„Hm, viel Zeit zum Trainieren haben wir leider nicht."

„Wie meinen Sie das?"

„Ich darf dir das eigentlich nicht sagen. Aber selbst wenn ihr zurückwollt, denke ich nicht, dass ihr darüber sprechen werdet. Ich vertraue euch. Es gibt eine Aktion, die sehr bald stattfindet. Wir wollen den Präsidenten ersetzen."

„Was? Ersetzen?"

„Ja, durch Simon, seinen Bruder."

„Er hat einen Bruder? Das wusste ich nicht."

„Ja, aber er hat ihn in einem Gefängnis eingesperrt. Wir werden ihn befreien und er wird seinen Bruder besiegen."

„Aber dann haben wir nur wieder einen anderen Präsidenten."

„Einen ganz anderen. Simon ist nicht so wie sein Bruder. Wir haben Kontakt zu ihm. Er wird mit dem Wahnsinn eines Neuen Rom aufhören, kein Land wird mehr den Zehnten zahlen müssen, und die Präsidenten der Länder werden einen neuen Weltpräsidenten aus ihren Reihen wählen. Simon ist auf unserer Seite."

„Und er ist ein Materiewandler wie wir?"

„Ja, er hat die gleichen Fähigkeiten. Aber er kann sie nicht ausüben, da sein Bruder irgendein Gerät installiert hat, das seine Fähigkeiten lähmt."

Daniel schaute ungläubig. „Wie geht das?"

„Ich weiß es nicht. Er ist an irgendeinen Apparat gekettet, den wir zerstören müssen. Aber wie gesagt, wir werden ihn befreien."

„Wie?"

„Ich habe dir schon viel mehr verraten, als ich eigentlich dürfte. Mehr Infos kann ich dir wirklich nicht geben."

„Aber…"

„Daniel, bitte, du bekommst mehr Informationen, wenn du sie brauchst."

„Hm, o.k., aber was ist eigentlich unsere Aufgabe? Ich meine, meine Aufgabe, denn ich glaube nicht, dass ich Celine noch zu irgendetwas bekomme."

„Ihr sollt Simon unterstützen. Wir werden den Präsidenten ablenken, so dass Simon in einem Überraschungsmoment seinen Bruder besiegen kann. Aber ihr sollt eventuell auch Simon helfen, falls er Schwierigkeiten haben sollte."

„O.k. Und wir sollen nicht gegen den Präsidenten kämpfen?"

„Im absoluten Notfall müsstet ihr wirklich auf Simons Seite eingreifen. Deshalb seid ihr hier. Für den Notfall, der hoffentlich nicht eintritt."

„Gut, ich bin dabei. Können Sie das mit dem Notfall auch Celine sagen? Sie ist immer gleich so hysterisch."

„Ich denke, das macht Janna schon. Aber vielleicht kannst du auch noch einmal mit ihr reden."

„Mit Celine? Aber sie ist so eine ..."

Daniel

Mit Celine reden. Bah, mit dem Angsthasen. Wäre sie doch einfach zu Hause geblieben. Dieser blöde Präsident. O.k., der Typ hatte echt übel starke Fähigkeiten. Buh, vielleicht hätte ich gegenüber Herrn Renner doch nicht so angeben sollen, so einen großen Regenbogen hatte ich noch nie geschafft und einen Schutzschirm auch nur ein einziges Mal. Einen Schutzschirm gegen eine Rakete, wow, da könnte Celine Kanonenkugeln erfinden, wie sie wollte. Verdammt, ich will das auch können, aber mit Celine kann man ja nicht trainieren, sobald es mal ernster wird, hört sie auf oder macht alles nur noch auf süß und witzig. Nein, mal rendern, so wie man Fortnite spielt, so voll mit Labyrinthen, falschen Wänden und verschiedenen

Waffen, das wäre geil. Ich bin ja mal gespannt auf diesen Simon. Hm, und was mache ich jetzt? Mit Celine reden? Buh, ok., aber später, sonst flippt sie gleich wieder aus. Nochmal PUbG? Warum hatte ich gestern nicht gewonnen? Ach, Scheiße, ich bin eh müde, ich mache meine Playlist an und gehe ins Bett.

Celine

Ich wollte nur noch nach Hause. Dieser blöde Angeber. Er hat Xenias Wirbelsäule geheilt und jetzt denkt er, er wäre irgendwie ein Superheld. Dabei wäre er ohne mich gestorben. Aber nein, er meint natürlich, er wäre von selbst wieder aufgewacht, so ein Idiot. Und jetzt will er tatsächlich gegen den Präsidenten antreten. Er musste es doch gespürt haben. Diese Mordlust! Diese Energie! Aber spürten Jungs überhaupt irgend etwas? Anisa wartete schon ewig darauf, dass Danny mit ihr redete. Und Mikael … Mikael, warum gehst du immer mit Chandra an den Strand? Warum fragst du nicht mich …? Ich kann auch Volleyball spielen, vielleicht nicht so gut wie Chandra, aber Chandra hat doch schon einen Freund …

Blödsinn, reiner Blödsinn. Ich musste weg hier. Wir mussten nach Hause. Ich hatte keine Lust zu sterben. Ich wollte leben.

Es klopfte. Oh nein, bitte nicht schon wieder Herr Renner. „Hallo Celine!"

„Hallo Janna! Du willst mich bestimmt auch nur dazu bringen, hier zu bleiben."

„Ich lüge nicht gern. Ja, ich versuche es. Aber ich verstehe auch nicht alles. Warum bist du so entsetzt und dein Bruder meint, er könnte mit etwas Übung sogar besser als der Präsidenten werden?"

„Weil …, er…, er spürt es nicht. Er spürt diese Energie nicht. Er denkt, er ist genial, er hat Xenia geheilt und er kann einfach alles. Der Präsident hat sich nicht mal einen kurzen Moment konzentrieren müssen, um den Schutzschirm zu erdenken. Das ist … Er kann Materie in Dinge rendern, die Materie eigentlich gar nicht mag."

„Ich verstehe so viel nicht. Warum sagt ihr eigentlich immer rendern? Und wie macht ihr das eigentlich, mit dem Materie verändern?"

„Hm, also das erste ist einfach zu erklären. Wir waren noch ziemlich klein, als Papa uns die Energiewelt zeigte. Und wir haben nicht richtig verstanden, was er gesagt hat, und dachten, er sagt, rendern statt verändern. Und als wir sagten, rendern, nickte er und seitdem heißt es bei uns rendern."

„Euer Vater hat es euch gezeigt?"

„Ja, wir waren sechs Jahre alt und mit dem Boot weit draußen und dann kam so eine schnelle Touristenyacht und zischte wie wild auf uns zu. Und mein Vater stand auf und schwenkte die Arme, damit die Leute nicht in unsere Netze fuhren. Aber sie wurden wütend und schlugen direkt vor unserem Boot einen Haken, so dass wir eine Riesenwelle abbekamen und kenterten. Sie lachten, aber wir wurden ins Wasser geschleudert. Danny und ich konnten schon schwimmen, aber wir waren ziemlich weit vom Land entfernt, und es gibt bei uns schreckliche Strömungen, die dich weit auf den Ozean hinausziehen können. Wir konnten das Boot auch nicht wieder herumdrehen, dazu war es viel zu schwer. Und alle unsere Sachen waren natürlich weg. Wir schrien und heulten, aber Papa sagte, wir sollten aufhören damit, wir bräuchten keine Angst haben. Wenn man Angst hat, kann man sich nicht konzentrieren und macht Fehler. Und dann drehte sich unser Boot langsam wie von Geisterhand von selbst um und wir konnten wieder einsteigen. Ich weiß noch, wie wir Papa anstarrten. Und dann erklärte er uns, dass wir nie mehr Angst haben sollten, denn diese ganze Welt ist nur aus Materie und Materie kann man verändern. Und dann nahm er uns in die Arme, wir mussten die Augen schließen und er zeigte uns die Energiewelt."

„Die Energiewelt, ich verstehe das nicht."

„Das kann man nicht verstehen, das muss man sehen. Wenn ich will, sehe ich diese Welt hier als Energiewelt, alles leuchtet in unterschiedlichen Konzentrationen. Du bist dann zum Beispiel eine sehr dichte Energiezusammenballung, die Luft neben dir leuchtet auch, aber viel schwächer. Was wir machen können, ist, die Energie durch unsere Gedanken zu verändern. Und damit verändern wir auch die Materie. Wir können sie verdichten, verbiegen, verändern, wie wir wollen. Das geht am einfachsten mit leichter Energie, wie Luft oder Wasser. Dichte, kompliziert zusammengebaute Energie wie ein menschlicher Körper lässt sich sehr viel schwerer verändern. Deswegen war Danny auch so fertig, nachdem er Xenia gerendert hatte."

„Gut, dass du dich daran erinnerst hast, wie man ihn aus der Energiewelt holen kann."

Ich musste kurz schlucken. „Ja, … Janna, er darf nicht gegen den Präsidenten antreten. Er hat keine Chance, ich kann das spüren. Ich weiß, was er kann und was er nicht kann. Ich spiele doch immer mit ihm. Er denkt immer, er ist stark und schlau, aber selbst ich kann ihn stoppen und ich bin ein Jahr jünger als er. Und dieser Präsident, das ist ein Monster. Er hat so viel mörderische Kraft … Bitte, Danny kann das wahrscheinlich nicht spüren, aber ich kann das. "

„Aber er soll gar nicht gegen ihn kämpfen, sondern nur Simon unterstützen und auch das nur im Notfall."

„Simon? Wer ist das?"

„Der Bruder des Präsidenten, der ihn ersetzen soll. Ein Materiewandler, aber jemand, dem man vertrauen kann. Er soll den Präsidenten besiegen. Danny und du, ihr sollt nur für den Notfall dabei sein und Simon unterstützen."

„Janna… ich kenne Danny. Er denkt, das alles ist ein aufregendes Spiel und dann will er mitkämpfen. Er denkt immer, er ist der Beste und Größte. Kennst du PUBG?"

„Nein."

„Das spielen die Jungs bei uns auf ihren Handys die ganze Zeit, ist so ähnlich wie Fortnite, aber grausamer. Eigentlich darf man das ja erst mit 18 Jahren spielen, aber das interessiert keinen der Jungs. Man bekommt da irgendwelche Waffen und muss seine Gegner finden und dann töten. Und wenn man selbst getroffen wird, steht man einfach wieder auf und beginnt das nächste Spiel. Das ist so was von blödsinnig. Wenn man in der realen Welt erschossen wird, steht man nicht mehr auf. Ich habe bei meiner Mutter im Krankenhaus einmal gesehen, wie ein Mann gestorben ist, weil ihm seine Kettensäge den Bauch aufgerissen hat. Es war so grässlich, alles war voller Blut und er hat seine Därme festgehalten und geschrien und alle wollten ihm helfen, aber er ist verblutet und ist gestorben, einfach gestorben. Er ist nicht mehr aufgestanden."

Ich hatte die Bilder von damals vor Augen und musste fast schon wieder weinen.

„Ich verstehe, was du meinst. Du hast Angst um deinen Bruder. Aber wenn alles gut geht, wird es überhaupt keinen großen Kampf geben. Und du könntest Danny ja vom Kämpfen abhalten."

„Nein, Janna. Das schaffe ich nicht. Du müsstest mal sehen, wie er immer ausrastet, wenn Mama oder Papa ihm den Laptop wegnehmen."

„Vor allem denke ich, ihr beide solltet vielleicht auch einmal miteinander reden und zwar, ohne euch anzuschreien."

„Aber er ist so ein …"

„Genau so hat er seinen Satz vorhin auch begonnen. Versucht es doch einfach mal, ohne gleich in die Luft zu gehen. "

„Ok. Aber …"

„Versuch es doch einfach."

„Ok."

Sie ging. Oh, Mann, warum ließ ich mich immer so bequatschen. Aber Janna war wirklich supernett, ein bisschen war sie wie Mama, aber dann auch wieder nicht.

Jonas Renner

Gegen Abend hatte sich die Lage in meinem Haus einigermaßen beruhigt. Die Wandler schienen sich wieder zu vertragen oder sich zumindest nicht mehr anzuschreien. Xenia hatte sich hingelegt, weil ihr wieder die Beine wehtaten. Natürlich, sie sollte sich auch schonen, aber sie gefiel mir im Moment gar nicht. Sie war kein bisschen mehr das lustige Mädchen, das ich kannte, sondern lief, ja sie lief, ziemlich schweigsam und trüb-sinnig an mir vorbei. Die Rolli-Basketballmannschaft war ihr ein und alles gewesen und jetzt durfte sie nicht hin. In letzter Zeit war ich nicht mehr als Zuschauer dabei gewesen. Sie hatte bei unseren letzten Chats mehrmals den Namen Erik erwähnt, scheinbar ein neuer Rollifahrer. War sie deswegen gestern so außer sich gewesen? So kannte ich meine Xenia ja gar nicht. Hatte sie vielleicht einen Freund, der genau so wie sie im Roll-stuhl saß? Und jetzt? Jetzt konnte sie laufen und er nicht. Oh, nein., dann hatte Danny ihr gar keinen Gefallen getan. Ich hatte die letzten Jahre immer versucht, Vater und Mutter für sie zu sein und es hatte doch recht gut funktioniert, aber jetzt war sie sechzehn und über einen festen Freund hatten wir immer nur im Scherz gesprochen. Ich hätte mir mehr Gedanken darüber machen sollen, genauer zuhören sollen …

Das Tablet summte. Eine neue Nachricht von VUNAR. Ich schaltete ein.

„Oh mein Gott! Janna, komm schnell!"

Janna eilte ins Zimmer.

„Ich habe alles noch einmal mit Celine besprochen. Ich hoffe, es hilft. … Was ist los?"

„Schau dir das an!"

VUNAR schickte eine Aufzeichnung des Staatsfernsehens. Im Hintergrund sah man eine riesige Staubwolke, davor eine bebrillte Reporterin mit einem Mikrophon.

„Bis jetzt weiß man nicht, was die Explosion ausgelöst hat, aber es scheint, dass die Labore des Senckenbergmuseums am meisten betroffen sind. Die Feuerwehrleute versuchen ver-zweifelt, die unersetzlichen Exponate zu retten. Jahrmillionen alte Fossilien könnten vernichtet worden sein. Angeblich sol-len sich auch zwei Museumsmitarbeiter zur Explosionszeit in den Laborräumen befunden haben. Ob sie sich retten konnten oder sich unter den Trümmern befinden, ist noch unklar. Eine Suche ist momentan wegen der Flammen und des dichten Rauchs leider unmöglich."

Die Kamera schwenkte zum Luftbild einer Drohne, das das Gebäude von oben zeigte. Ein Seitentrakt des Gebäudes war wie von der Explosion auseinandergerissen worden und eine gewaltige Rauchsäule stieg über der Unglücksstelle hoch.

Die Aufzeichnung endete und ZEN erschien auf dem Bildschirm.

„Sie haben alle die Katastrophe gesehen. Die Gardisten drangen in die Zentrale ein und es gab offensichtlich eine Schießerei, dann brach der Kontakt zu Dr. Norgay und Dr. Dreimann ab. Einer von beiden hat scheinbar die Notfall-Sequenz eingeleitet. Alle Einrichtungen wurden durch die Explosion zerstört, und mit höchster Wahrscheinlichkeit sind Norgay und Dreimann tot. Wir trauern alle um zwei wunderbare Mitarbeiter, die wir nicht vergessen werden, aber wir werden unseren Plan weiter verfolgen. Wir geben nicht auf".

Eine Trauermelodie erklang.

Das Senckenberg Museum. Die Idee, unsere Zentrale in den Laboren unterhalb des Museums einzurichten war einfach genial gewesen. Niemand war auf die Idee gekommen, dass sich in den ehrwürdigen Mauern des Naturkundemuseums die moderne Nachrichtenzentrale unserer Untergrundorganisation verbarg. Doch jetzt war alles zerstört. Und Philipp war dabei gestorben. Mein alter Freund Philipp Dreimann war tot. Und ich war womöglich schuld. Mein Anruf von einem ganz normalen Handy statt über email zu kommunizieren, war ein Fehler. Ich hätte noch einmal mit den Eltern der Kinder reden müssen, sie überzeugen müssen, statt bei VUNAR anzufragen und die Kinder einfach mitzunehmen.

Eine neue Nachricht. ZEN wandte sich jetzt nur noch an mich.

„Renner, Sie sollten mit den beiden Wandlern so schnell wie möglich nach Amerika verschwinden, für den Fall, dass die Gardisten doch eine Spur zu Ihnen finden. Sie fliegen morgen früh in München ab, Frankfurt ist im Moment zu gefährlich. Ich bin dabei, alles in die Wege zu leiten.

„ZEN?"

„Ja?"

„Was soll ich mit meiner Tochter machen?"

„Verstecken Sie sie für die Dauer des Einsatzes bei ihrer Oma, einer Tante oder irgendwo, in einer Rehaklinik."

„ZEN, sie kann laufen."

„Was? Aber ich dachte …"

„Danny, dieser Junge, er hat sie geheilt."

„Unglaublich. Diese Kinder sind weit besser als gedacht. Bringen Sie die beiden unbedingt in unser Hauptquartier in New York."

„Aber ZEN, wie erkläre ich hier die plötzliche Heilung meiner Tochter?"

„Hm, lassen Sie mich kurz überlegen … Hören Sie, wir besorgen einen weiteren Flug. Sie nehmen Ihre Tochter mit und fliegen angeblich zu einem Wirbelsäulenspezialisten nach New York, der sie untersuchen soll. Ihr Hotel wird auf dem Flugschein stehen, der Ihnen zugehen wird. Sie treffen sich dort mit unseren amerikanischen Freunden."

Am nächsten Morgen kamen wir um 10 Uhr alle etwas übermüdet am Münchner Flughafen an. Wir waren schon um 4 Uhr früh aufgestanden, aber die Fahrt hatte trotzdem 5 Stunden gedauert. Es herrschte zwar längst nicht mehr der chaotische Verkehr um München herum wie früher, da immer weniger Menschen sich die exorbitanten Benzin- oder Strompreise leisten konnten, aber dafür war in den letzten 10 Jahren auch kaum noch irgendeine Ausbesserung der Autobahnen erfolgt, so dass man schon aus Rücksicht auf sein eigenes Fahrzeug nicht schneller als 100 km/h fuhr. Die uralte Forderung der Grünen nach einem Tempolimit hatte sich so ganz ohne ihr Zutun erfüllt.

Ein Kurier von VUNAR erwartete uns am Parkdeck und übergab uns unsere Flugtickets. Perfekt. Ich reiste diesmal als ich selbst, angeblich mit meiner Tochter unterwegs zu einer Klinik in New York, spezialisiert auf Wirbelsäulenschäden. Janna und Frank waren wieder als Pärchen mit ihren zwei Adoptivkindern unterwegs, diesmal als reiche deutsche Pharmaunternehmer. VUNAR war genial. Ihre Pässe waren wie immer absolut täuschend echt.

Dieses Mal sollte uns das allerdings nicht helfen. Bereits vor dem Eingang zur Abflughalle hatten sich die Leibgarde aufgebaut. Eine ziemlich lange Schlange stand vor uns. Ungewöhnlich, denn es reisten ja nur noch reiche Leute. Und überall wütende Gesichter. Was war da los? Ich deutete Frank und Janna an, zu warten. Die beiden Kinder sahen mich fragend an.

Ich checkte die Deutschland-Nachrichten. Es war gleich die erste Meldung.

„Die Leibgarde vermutet Terroristen hinter der Explosion, die Teile des Senckenberg-Museums zerstört hat. Wie es scheint, hat eine Terroristengruppe dort mit Sprengstoff experimentiert. Leibgarde und Polizei suchen fieberhaft nach weiteren Mitgliedern und Hintermännern der Gruppe. Reisende müssen daher an Flughäfen und Grenzen mit Verzögerungen durch verstärkte Kontrollen rechnen."

Verstärkte Kontrollen. Was hieß das? Ich ließ Xenia mit ihrem Rollstuhl bei der Gruppe zurück und schlich nach vorne, so, als suchte ich nach einer Toilette. Was machte die Leibgarde? Die Leute mussten sich vor einen Bildschirm stellen. Scheibenkleister – Ein Gesichtsscanner. Und dann musste man scheinbar auch noch einen Daumenabdruck abgeben. Das würde ich mit Xenia natürlich problemlos überstehen, aber Frank, Janna und die beiden Wandler würden dabei sofort auffliegen. Was jetzt? Ratlos kehrte ich zu ihnen zurück.

„Was ist los?"

„Gesichtserkennung und Fingerabdrücke. Ihr kommt da nie durch."

„Mist. Und was machen wir jetzt?", fragte Frank nachdenklich.

„Keine Ahnung. Wartet hier. Ich kontaktiere VUNAR."

Niemand nahm ab. Warum nicht? Die Zentrale war zerstört, aber das Netzwerk musste doch noch funktionieren. Was war passiert? War ZEN aufgeflogen? Ich probierte es wieder und wieder. Endlich ging jemand ran.

„ZEN?"

„Renner, beschränken Sie Ihre Anrufe auf das unbedingt Nötigste. Selbst unsere neuen Handys könnten überwacht werden. Die Leibgardisten laufen hier wie aufgescheuchte Hühner herum. Sie sind einfach überall."

„ZEN, die Leibgarde hat hier am Flughafen alles abgeriegelt, und wir kommen weder durch die Gesichtserkennung noch durch den Abgleich der Fingerabdrücke."

Keine Antwort.

„ZEN?"

„Renner, ich kann Ihnen nicht helfen. Fliegen Sie ohne die Wandler. Frank und Janna sollen die beiden irgendwo verstecken. Die Aktion in den USA muss leider ohne sie stattfinden. Es ist möglich, dass die Leibgarde doch einige Daten aus der Zentrale retten konnte. Alle deutschen VUNAR-Mitglieder sollten eine Zeitlang untertauchen. Da Sie mit Ihrer Tochter einen teuren Flug nach New York gebucht haben, sollten Sie ihn allerdings unbedingt antreten, sonst fällt das auf."

Das war es also. Unsere ganze Mission war kläglich gescheitert. Wir hätten die beiden Wandler genauso gut in Indonesien lassen können. Ich atmete tief aus und drehte mich zu den Wartenden um.

„So ein Mist. Wir …"

Verdammt. Wo waren sie hin? Wo, zum Teufel …? Nein, die Leibgarde hatte einen zweiten Checkpoint geöffnet und sie waren dort drüben und fast schon ganz vorne in der Schlange. Xenia drehte sich zu mir und winkte fröhlich. Oh nein! Geht da nicht hin! Ich fuchtelte wild mit den Armen herum. Ich musste sie irgendwie stoppen. Oh Gott. Das war das Ende!

Celine

Wir waren fast vorne. Jetzt musste es losgehen. Ich hoffte, dass unser Plan auch wirklich klappte. Eigentlich war das ja wieder nur eine von Dannys verrückten Ideen, aber ausnahmsweise eine sinnvolle. Jetzt war nur noch eine Familie vor uns. Danny, los geht's!

„Grr! Grr!"

Zwei Wölfe knurrten die vor uns stehende Familie mit ihren zwei Kindern an und fletschten die Zähne.

„Aahh! Hilfe! Hilfe! Wölfe!"

Die Eltern zerrten ihre Kinder weg und rannten schreiend davon. Dann brach das volle Chaos aus. Einige Leute aus der anderen Schlange hatten die Wölfe auch gesehen und begannen ebenfalls zu schreien. Ein Wolf sprang einen Leibgardisten an, der zu Boden fiel, der andere sprang auf die große Menschenschlange vor dem ersten Checkpoint zu. Die Menschen schrien, rannten weg, stolperten übereinander, Koffer fielen um. Die Leibgardisten schossen auf den Wolf, der über ihrem Kollegen stand, trafen ihn aber scheinbar nicht. Der Wolf ließ immerhin von dem Gardisten ab, hechtete über liegengelassene Koffer zum zweiten Wolf und verfolgte die flüchtenden Menschen. Die Leibgardisten stürmten mit gezogenen Pistolen den Wölfen hinterher. Der Checkpoint lag verlassen vor uns und wir waren im Nu durch. Herr Renner rannte uns hinterher.

Als er uns erreicht hatte, ließen wir die Wölfe Richtung Ausgang rennen und lösten sie auf.

Danny strahlte mich an.

„Na, genial, was?"

„Es hat geklappt. Aber dein Wolf sah eher nach einem deutschen Schäferhund aus."

„Was?"

„Ok., ok. Das war eine tolle Idee, Danny", mischte sich Janna ein. „Celine, du kannst es einfach nicht lassen, oder?"

„Ja, schon gut. O.k. Es war eine gute Idee. Auch wenn er eigentlich einen Tiger machen wollte."

„Celine!"

„Tut mir leid. Entschuldigung. Es war wirklich eine gute Idee, Danny."

„Vielleicht könntet ihr mir auch mal sagen, was ihr vorhabt, bevor ihr loslegt", keuchte Herr Renner.

Hihi, Herr Renner hatte heute wirklich mal rennen müssen.

Die normale Pass- und Gepäckkontrolle überstanden wir ohne Probleme und eine Stunde später saßen wir im Flugzeug und amüsierten uns über die Klagen im Internet über die Ausbreitung der Wölfe, die jetzt sogar in Flughäfen eindrangen.

Hauptkommissar Gerhardt Brand

„Nun, haben Sie etwas gefunden?", herrschte ihn der leitende Leibgardist am Telefon an.

„Nein. Aber wir suchen natürlich weiter."

„Na ja, wahrscheinlich finden sie eh wieder nichts."

Ich legte auf. Diese arroganten Idioten von Leibgardisten. Jeder noch so dumme Schüler wollte heutzutage Leibgardist werden und niemand mehr ordentlicher Polizist. Natürlich, die Leibgardisten wurden schließlich besser bezahlt und erhielten aus New Rome die beste Ausrüstung was Autos, Computer, Waffen, Schutzwesten und so weiter anging. Außerdem brauchte man für die Leibgarde keine abgeschlossene Schulausbildung und musste keinen schwierigen Eignungstest bestehen. Als Ergebnis hatten die meisten von ihnen keine große Ahnung von Gesetzen und von kriminaltechnischer Kleinarbeit, so dass die von ihnen Verhafteten im Regelfall vom Richter sofort wieder freigelassen werden mussten. Aber Hauptsache, sie konnten Waffen tragen, in ihrer schwarzen Uniform herumlaufen und unschuldige Bürger schikanieren. Das war das krasse Gegenteil von „dein Freund und Helfer", dass wir eingeimpft bekommen hatten. Und mit solchen Typen musste man zusammenarbeiten, ja, war ihnen in vielen Fällen unterstellt, da sie ja für den Weltpräsidenten arbeiteten.

Ja, ich hatte etwas gefunden, aber das würde ich dem Leibgardisten schon gar nicht auf die Nase binden, vor allem da ich mir selbst noch nicht ganz klar darüber war, was es bedeutete. Ich hatte mir immer wieder die Videos der Flughafenüberwachung angesehen. Die Videos zeigten den Angriff der Wölfe, die wie aus dem Nichts kamen und alle in Panik versetzten. Irgendwie schienen sie in das Gebäude gelangt zu sein und auf dem gleichen Weg wieder verschwunden zu sein. Möglich war das heutzutage. Es gab zunehmend mehr Wölfe, die mangels ausreichender Nahrung auch in die Städte vordrangen. Aber unser Team hatte extra einen Spürhund kommen lassen, und ihn an einem Wolfsfell riechen lassen, damit er die Fährte der Wölfe aufnehmen und sie stellen konnte, falls sie tatsächlich noch im Flughafengebäude versteckt waren. Der Hund lief im Kreis und fand keine Spur von den Wölfen und die Leibgardisten lachten uns aus. Aber niemand lachte so einfach über Hauptkommissar Gerhard Brand. Irgendetwas stimmte hier nicht. Die Wölfe waren so plötzlich und wie aus dem absoluten Nichts aufgetaucht, dass ich etwas sehr Ungewöhnliches getan hatte, worauf die Leibgardisten wahrscheinlich niemals gekommen wären: Als abends keine Flüge mehr abgingen, versuchte ich mit meiner Ultraviolettlampe Fußspuren zu sichern. Die Wölfe waren quer von einer Schlange zur anderen gehetzt, unter all den Absperrungen hindurch. Dort mussten sich dazwischen ihre Fußabdrücke befinden. Aber da waren nur merkwürdige runde Abdrücke, keine echten Wolfsspuren. Ich kannte Wolfsspuren, mein Vater war Jäger gewesen. Das hier waren definitiv keine Wolfsspuren. Diese Wölfe hatten keine Fußabdrücke hinterlassen. Das hieß, sie waren gar nicht real. Und deshalb hatte auch der Spürhund versagt. Aber wie konnte das sein? Ein Wolf hatte einen Leibgardisten umgeworfen, also war er doch real. Ich hatte eine ziemlich unruhige Nacht damit verbracht, zu überlegen, wo mein Denkfehler lag.

Und heute früh, gerade zehn Minuten vor dem Anruf des Leibgardisten hatte ich im Polizeicomputer die Nachricht gefunden, die mich elektrisiert hatte. Ein Joggerpärchen in Würzburg hatte einen Bären gesichtet, der sich auf ein paar Jugendliche stürzen wollte, dann aber plötzlich wieder verschwunden war. Der dortige Beamte hatte die Anzeige aufgenommen, war ihr aber nicht nachgegangen, da keine weitere Sichtung erfolgte.

Ein Bär, der erscheint und wieder spurlos verschwindet, Wölfe, die plötzlich erscheinen und sich wieder in Luft auflösen. Gab es da irgendeinen Zusammenhang?

Morgen war mein freier Tag. Ich würde ihn für eine Fahrt nach Würzburg nutzen. Was war dort geschehen? Gab es da Spuren?

Das Polizeipräsidium in Würzburg hatte am nächsten Tag keine Probleme, einem Kollegen aus München die Personalien der Jogger zu geben und gottseidank waren die beiden vormittags zu Hause und wollten mir auch gerne von dem Vorfall erzählen, von dem der aufnehmende Beamte offensichtlich nicht ganz überzeugt gewesen war. Sie zeigten mir die Stelle, wo der Bär erschienen war.

„Ihr Mann hat uns überhaupt nicht geglaubt, der hat gedacht, wir würden einen Spaß machen oder hätten irgendwelche Drogen genommen. Ich musste ganz schön insistieren, damit er das Ganze zur Kenntnis nimmt."

„Ja, das tut uns leid. Aber es gibt leider viele Quatschköpfe, die denken, sie können der Polizei einen Streich spielen."

„Sehe ich vielleicht aus wie jemand, der der Polizei einen Streich spielt?"

„Nein, natürlich nicht, ich muss mich für meinen Kollegen wirklich entschuldigen. Es soll nicht mehr vorkommen. Aber erzählen Sie mir doch noch einmal genau, was Sie gesehen haben."

„Ja, also wir sind diesen Weg hier entlanggelaufen und sind dann an einem Mädchen vorbeigejoggt, das allein spazieren ging, und dann kamen uns ein paar ziemlich heruntergekommene Jungs entgegen, und …"

Seine Frau ging dazwischen. „Ja, und da sagte ich noch: Warte mal, Olli. Bleib mal stehen und lass uns zurückgehen, weil ich mir gedacht habe, das arme Mädchen, das trifft jetzt auf diese komischen Jungs. Man weiß heutzutage ja nie … Nicht, dass ihr da noch was passiert."

„Ja, und dann sind wir stehengeblieben und sind ein Stück zurückgegangen und da haben wir gesehen, dass die Jungs tatsächlich mit dem Mädchen herumstanden. Aber hinter den Jungs stand ein riesiger Bär."

„Wir waren total erschrocken, aber da kam eine Frau ziemlich schnell auf die Gruppe zugelaufen und rief irgendetwas und die Jungs sind abgedreht. Der Bär war auch plötzlich weg, wie vom Erdboden verschwunden, und dann …"

„Ja, ich wollte es ja gar nicht melden, aber meine Frau hat gesagt, wenn hier ein Bär herumschleicht, ist das doch total gefährlich für uns alle. Haben Sie denn den Bären gefunden?"

„Nein, aber wir suchen danach", log ich.

„Würden Sie mir noch mal genau zeigen, wo er stand?"

„Hm, ja ich würde sagen, genau hier."

Ich suchte nach Fußabdrücken. Auf diesem feuchten, erdigen Boden half kein UV, sondern nur das gute alte Bleiglanzpulver. Da, das musste es sein. Da waren große Abdrücke mit Krallen. Zu groß für einen Hund. Doch ein echter Bär? Ich sah mir die Abdrücke noch einmal genau an, irgendetwas stimmte damit nicht. Da waren die Abdrücke von Menschen, daneben die des Bären. Aber sie waren gleich tief! Ich stellte mich neben die Abdrücke. Meine Schuhe sanken nicht so tief ein wie die des Bären. Ein ausgewachsener Bär wog aber mehrere hundert Kilo. Er hätte viel tiefer einsinken müssen. Seine Abdrücke waren auch sehr unscharf, als hätte der Bär keine festen Sohlen gehabt. Der Bär war also genau wie die Wölfe, echt, und doch wieder auch nicht echt. Wie war das möglich? Halt, die Frau, das Mädchen, die Jungs. Sie mussten den Bären doch auch gesehen haben.

„Sie haben keine Ahnung, wer die Frau, das Mädchen oder die Jungs waren?"

„Nein, die Jungs hatte ich noch nie gesehen, das waren so verwahrloste Jungs, wer weiß, woher die kamen, aus der Zellerau vielleicht. Die kommen mittlerweile schon bis hier herauf. Wir wollten ja letztes Jahr schon einen privaten Sicherheitsdienst für das Steinbachtal einführen, aber das wollte dann wieder keiner bezahlen. Eigentlich bräuchte man aber auch einen Zaun oder eine Mauer, um dieses Pack abzuhalten."

Ich schluckte. Die Reichen mauerten sich ein, da war nichts mehr mit christlich oder sozial. Na gut, sie hatten wenigstens wegen des Mädchens umgedreht.

„Und das Mädchen?"

„Das kannten wir auch nicht, das war auch so eine Türkin oder so was."

„Also ich fand sie sah eher indisch aus, die hatte …"

„… auf jeden Fall, keine Ahnung, was die hier am Spitalweg zu suchen hatte. Und die Frau…"

„… das war die vom Vortrag …. „

„Nein, die sah ihr nur ähnlich."

„Nein, das war sie."

Ich ging dazwischen.

„Was für einen Vortrag meinen Sie?"

„Der Vortrag über die neuen hitzeresistenten Pflanzen, in dem sie ..."

„Wissen Sie, mein Mann hat Anteile an der Zuckerraffinerie in Ochsenfurt und die ..."

„Das sind keine Anteile, sondern..."

„Entschuldigung!" Dieses ständige Unterbrechen des Anderen war kaum auszuhalten.

„Sie meinten also, Sie kennen die Frau, die was gerufen hat."

„Ja, die war hier vom Botanischen Garten."

„Sicher?"

„Ja."

„Na ja, vielleicht."

Ich verabschiedete mich. Wie lange lebten die beiden schon zusammen und wann hatten sie sich angewöhnt, sich ständig gegenseitig ins Wort zu fallen?

Egal, zehn Minuten später stand ich vor dem Hauptgebäude des Botanischen Gartens. Ich klingelte. Keine Antwort. Die Fenster waren dunkel. Scheinbar niemand da. Aber da drüben in den Treibhäusern im Nebengebäude, da brannte doch Licht. Wieso brannte da Licht, es war doch noch taghell? Wahrscheinlich brauchten bestimmte Pflanzen ein zusätzliches Licht. Ich klingelte. Wieder keine Antwort. Ich klingelte nochmals. Ich klopfte, ich rief. Schließlich öffnete sich die Tür und ein offensichtlich sehr genervter Mann in einem weißen Kittel fuhr mich an. „Was wollen Sie denn?" Im nächsten Moment sah er mein Polizeiauto und meine Uniform und erstarrte. „Äh, Entschuldigung. Was ist denn los? Nochmals Entschuldigung, aber ich habe sehr viel zu tun."

„Hm, ich wollte Sie nur nach einer Mitarbeiterin fragen, die letzthin einen Vortrag über hitzeresistente Pflanzen gehalten hat."

„Janna? Oh, ich bringe sie um. Entschuldigung, das sagt man natürlich nur so. Was hat sie denn angestellt?"

„Nichts. Wir bräuchten sie aber als Zeugin bei einem Vorfall."

„Das tut mir leid. Sie hat überraschend Urlaub genommen. Sie hatte zwar noch Urlaubstage ausstehen, aber sie ist erst vor drei Tagen aus dem Urlaub gekommen und jetzt ist sie schon wieder weg. Das geht doch einfach nicht. Wie soll ich denn das alles hier alleine schaffen?"

„Sie hat Urlaub genommen? Wo ist sie denn hin? Wissen Sie das?"

„Nein. Keine Ahnung. Vor drei Tagen kam sie aus Indonesien zurück. Ein Kurztrip nach Indonesien. Wissen Sie, was das kostet? Und dann der Kerosinverbrauch! Aber die Klimakrise scheint ja selbst Biologen nicht mehr zu interessieren."

„Sie war in Indonesien?"

„Ja, sie hat ganz begeistert davon erzählt. Aber vom Dschungel ist da auch nicht mehr viel übrig."

„Hat sie etwas von einem Mädchen erzählt?"

„Nein. Worum geht es eigentlich?"

„Es geht um eine angebliche Sichtung eines Bären am Steinweg. Haben Sie irgendeine Ahnung, wie es zu so einer Sichtung kommen könnte?"

„Bären? Hier? Nein, völlig unmöglich. Aber was ist heutzutage schon unmöglich. Ein verrückter Multimillionär, der sich einen Bären hält, der ausbricht?"

„Hm, und Sie wissen wirklich nicht, wo sie hin ist?"

„Nein. Es lag nur ein Zettel da. ‚Habe Urlaub für 10 Tage eingetragen. Tut mir leid'. So eine Scheiße. Hat sie den Bären gesehen?"

„Falls es wirklich einer war, müsste sie ihn gesehen haben. Hat sie Ihnen nichts darüber erzählt?"

„Nein."

„Gut. Dann werde ich sie mal weiterarbeiten lassen. Auf Wiedersehen."

So langsam fügte sich das Puzzle zusammen. Diese Frau Lehmann war nach Indonesien gereist. Sie hatte dem Mädchen etwas zugerufen. Hm, war das Mädchen vielleicht keine Türkin oder Inderin, sondern eine Indonesierin? Sie hatte den Bären gesehen, aber ihrem Vorgesetzten, einem Biologen, nichts davon erzählt. Das hieß, … sie wusste wahrscheinlich, dass er nicht echt war. Ich suchte ihr Bild in den Mitarbeitern des Botanischen Instituts. Das war es! Volltreffer, Kommissar Brand! Das war exakt die gleiche Frau, die hinter der Gruppe gestanden war, bei der die Wölfe in München aufgetaucht waren. Und neben ihr standen auch ein Mädchen und ein Junge mit ziemlich braunem Teint. Indonesier?

Janna Lehmann, diese Tiere tauchen nur bei dir auf. Wie machst du das? Und wo bist du hingeflogen?

Jonas Renner

Der Flug selbst war völlig problemlos verlaufen und nach zwei Tagen hatten wir uns an New York gewöhnt. Ein New York, zehn Jahre nach Einführung des Zehnten. Selbst hier, im Wunderland des Kapitalismus, war der schleichende Niedergang zu spüren. Die Menschen schleppten sich müde und resigniert durch die Straßen, viele auf der Suche nach Arbeit, aber jeder Arbeitgeber versuchte nur noch zu sparen und das ging am einfachsten bei den Arbeitern und Angestellten. Die Polizeipräsenz in der Stadt war unübersehbar, der Staat versuchte mit aller Gewalt, die Herrschaft zu behalten.

Ich ging hinunter in das Frühstückszimmer. VUNAR hatte das gesamte Hotel gebucht, angeblich für ein Treffen von Unternehmern. Die meisten VUNAR-Mitarbeiter saßen schon in Grüppchen zusammen. Wo war meine Gruppe? Janna rief mich an ihren Tisch.

„Jonas, komm hierher. Die Wandler schlafen noch und Frank ist schon joggen." Es waren noch 5 Tage bis zum Tag X, und alles schien bis jetzt nach Plan zu laufen.

Hauptkommissar Gerhard Brand

Ich war wieder zurück in meinem Büro in München und sah mir zum zehntausendsten Mal die Aufnahme der Überwachungskamera an. Die Menschen schrien, die Leibgardisten rannten hinter den Wölfen her und schossen, ein einziges Chaos. Die Checkpoints waren verlassen, aber viele Menschen wollten ihre Maschinen nicht verpassen und drängten sich durch die Absperrungen. Eine der ersten Gruppen war die Gruppe von Janna Lehmann, zusammen mit einem sehr großen Mann und zwei etwas dunkelhäutigeren Kindern. Zu der Gruppe gehörte offensichtlich auch ein Mädchen in einem Rollstuhl und ein Mann, der der Gruppe hinterherrannte. Sie hatten sich beim Angriff der „Wölfe" völlig ruhig verhalten. Dass mir das nicht gleich aufgefallen war. Ich setzte die KI auf die Fotos der Gruppe an und glich sie mit Bildern im Netz ab. Die Ergebnisse kamen in Sekundenschnelle:

- Janna Lehmann, 41, Diplombiologin, arbeitet im Botanischen Institut der Stadt Würzburg. Das wusste ich ja schon.
- Jonas Renner, 47, Diplombiologe und Ethnologe, arbeitet beim Ausländeramt der Stadt Würzburg.
- Frank Kanopka, 42, Ehemals Sicherheitsdienst der deutschen Botschaft in Jakarta, jetzt Inhaber eines Fitnesszentrums in Bamberg.
- Keine Auskünfte zu den drei Jugendlichen. Das war zu erwarten. Aber das eine Kind war eine Rollstuhlfahrerin.

Ich setzte meinen besten Mann auf die Fluggesellschaften an, die kurz nach der Tatzeit Flüge angeboten hatten und eine Stunde später hatte ich die Antwort. Herr Renner war mit seiner Tochter Xenia, die im Rollstuhl saß, nach New York geflogen.

Noch mal eine Stunde später wusste ich, dass eine Janna Lehmann nicht auf diesem Flug gebucht war, aber man durch die Aufnahmen am Gate sehr wohl sehen konnte, dass sie mit Frank Kanopka und den zwei fremden Kindern durch die Bordscheinkontrolle ging.

Das hieß, sie hatten falsche Papiere benutzt. Die falschen Papiere mussten aber sehr gut sein, wenn sie bei den Kontrollen nicht aufgefallen waren. Organisiertes Verbrechen? Die Mafia? Und was hatten Jonas Renner und seine Tochter damit zu tun? Ich fragte im Personalamt der Stadt Würzburg nach. Sie stellten sich erst mal quer, so dass ich den Umweg über das Polizeipräsidium gehen musste. Ich gab Verdacht auf Steuerbetrug und Organisiertes Verbrechen vor und hoffte, dass damit nicht gleich die Nachricht an die Leibgarde abging.

Ok., jetzt hatte ich alles, was die Stadt Würzburg über Renner wusste. Studium der Biologie in Heidelberg, 10 Jahre Mitarbeiter der Borneo Orang-Utan Survival Foundation, Leiter des Projekts „Orang-Utan Rehabilitation Centre" in Nyaru Menteng auf Borneo. Mehrere Auszeichnungen. Dann Rückzug der Stiftung aus dem Projekt und Rückkehr Renners nach Deutschland. Seit acht Jahren zuständig für Ausländerangelegenheiten bei der Stadt Würzburg. Frau bei einem Autounfall vor sechs Jahren gestorben, Tochter Xenia ab der Hüfte querschnittsgelähmt.'

Ok. Die drei Erwachsenen hatten sich also offensichtlich in Indonesien kennengelernt. Oh, was war das? Letzter Aufruf dieser Seite durch die Leibgarde. Meiner Anfrage war eine Anfrage der Leibgarde unmittelbar vorangegangen. Ich fragte den Behördenleiter, worum es bei der Anfrage ging.

„Tut mir leid, das darf ich Ihnen nicht sagen. Aber nach dem Attentat auf das Senckenberg Museum spielen die Leibgardisten einfach verrückt."

Hm, bei dem Anschlag waren zwei Museumsmitarbeiter und fünf Leibgardisten umgekommen. Ich checkte Dr. Dreimann, eines der beiden Opfer. ‚Dr. Philipp Dreimann, Studium der Biologie in Heidelberg ...'

Ok. Dieser Dreimann und Renner kannten sich ebenfalls. Aber warum hatten die Leibgardisten Renner abgefragt, einen Bekannten oder Freund Dreimanns? Ich brauchte eine Weile, dann fiel es mir wie Schuppen von den Augen. Es gab dafür nur eine logische Erklärung. Sie hielten Dreimann gar nicht für einen harmlosen Mitarbeiter, sondern verdächtigten ihn, hielten ihn für einen der Terroristen. Oh mein Gott, deswegen hatte die Gruppe vielleicht auch so perfekt gefälschte Ausweise. Renner und die anderen gehörten zu einer Terroristenorganisation. Aber warum verfolgten die Gardisten Dreimanns Kontakte nicht weiter, warum hatten sie Renner nicht an der Ausreise gehindert? Weil sie wahrscheinlich keinen Zusammenhang sahen, die Vorfälle in München für einen echten Wolfsangriff hielten.

Eigentlich musste ich jetzt sofort die Leibgarde einschalten, aber ich wollte erst Gewissheit haben und rief in Frankfurt an. Der dortige Polizist verband mich umgehend mit seinem Vorgesetzten.

„Hauptkommissar Kerner. Mit wem spreche ich?"

„Hauptkommissar Brand aus München. Ich gehe einem kuriosen Vorfall am Münchner Flughafen nach und bräuchte dazu ein paar Informationen über das Attentat auf das Senckenberg-Museum."

„Hm, der Flughafen, der Vorfall mit den Wölfen. Sehr interessante Sache, aber eigentlich doch eher eine Sache für das Forstamt und nicht für einen Hauptkommissar."

„Eigentlich ja. Aber einiges stimmt an der Geschichte nicht und ich denke, es könnte tatsächlich mit dem Attentat auf das Senckenberg-Museum zusammenhängen."

„Haben Sie Ihren Verdacht auch der Garde gemeldet?"

Er lauerte auf die Antwort, genau wie ich. Ok. Positiv denken.

„Nein, meine Idee erschien mir noch zu abwegig und ich wollte die Garde nicht damit belästigen."

Ich meinte das Schmunzeln durch das Handy zu hören. „Da haben Sie Recht, diese Leute sind ja soo beschäftigt."

Ich war erleichtert. Offensichtlich sah Kerner die Garde ähnlich negativ wie ich.

„Ok. Ich sehe, wir verstehen uns. Ich möchte wissen, was wirklich passiert ist, also nicht die offizielle Version. Ist das möglich?"

„Einen Moment." Es dauerte. Wahrscheinlich scannte er gerade meine Personalakte.

„Brand, Sie scheinen in Ordnung zu sein. OK. Ich weiß nicht, ob es Ihnen hilft, aber es gab natürlich keinen Anschlag. Die Leibgarde ist mit mehreren Leuten bewaffnet in das Museum gestürzt, weil sie einen Verdacht hatte und dann kam es zu einer Explosion, bei der die zwei Museumsmitarbeiter und fünf Gardisten umgekommen sind. Die Leibgarde hat anschließend Waffen und Ausrüstung der angeblichen Terroristen der Presse vorgestellt, aber das waren alles Sachen aus unserer Asservatenkammer. Die Leibgarde war ausnahmsweise auch gar nicht an Waffen interessiert, sondern an Teilen von Computern und an Zetteln, aber das war alles verbrannt und verglüht. Irgendjemand hat dort unten etwas ausgetüftelt, was die Leibgarde unheimlich interessiert hat, aber er hat sein Geheimnis wohl mit ins Grab genommen. Hilft Ihnen das?"

„Sehr."

„Sagen Sie mir auch, worum es bei Ihnen geht?"

„Hm. Ok. Sie haben mir vertraut und ich vertraue Ihnen. Es scheint, dass zumindest einer der gestorbenen Mitarbeiter Teil einer geheimen Organisation war, die über ungewöhnliche Mittel verfügt. Leider konnten sich einige Mitglieder der Organisation über den Münchner Flughafen in die USA absetzen."

„Das ist ja interessant, und was machen Sie jetzt?"

„Ich weiß es nicht. Ich versuche noch mehr über die Organisation herauszufinden."

„Informieren Sie mich, wenn sie etwas Wichtiges herausgefunden haben."

„Bestimmt. Und vielen Dank nochmals."

Zugegeben, ich bin nicht ganz ehrlich gewesen. Ich hatte eine Idee, eine verrückte Idee. Ich meldete mich im Polizeipräsidium für eine Woche ab und buchte einen Flug nach New York. Und ich rief Darren an. Darren war mein Schwager, der Mann meiner Schwester und er war wie ich Polizist, aber nicht bei der „normalen" Polizei, sondern beim FBI. Er hasste die Leibgarde wie ich, vielleicht konnte er mir helfen. Und ich würde die „Terroristen" finden, denn bei der Immigration Card musste man immer noch eintragen, wohin in den USA man reiste.

Jonas Renner

Morgen war der große Tag. Noch einmal Lagebesprechung in unserem neuen Hauptquartier, dem Red Lion Hotel in Brooklyn.

ZET, wie sie den Führer der amerikanischen Sektion von VUNAR nannten, ging den Einsatzplan noch einmal mit uns durch.

„Also noch einmal: Um 10 Uhr morgens verschaffen wir uns Zugang zum Gefängnis durch die Lebensmittelanlieferung. Dann Befreiungsaktion von Simon und Bewachung der leeren Zelle durch unsere Agenten bis zur Wachablösung um 18 Uhr. Wichtig: Es darf keine Schießerei dabei geben, es darf kein Notruf abgesetzt werden, so dass der Präsident um 18 Uhr das Podium betritt, ohne vorher eine Nachricht über Simons Befreiung erhalten zu haben.

Von ca. 12 Uhr bis 16 Uhr bereitet sich Simon hier auf den Angriff auf seinen Bruder vor, indem er mit Daniel trainiert und ab 17 Uhr bringen wir ihn dann mit Hilfe unserer Leute getarnt als Tontechniker durch die Absperrungen. Wenn der Präsident sich dann um 18 Uhr an die Weltöffentlichkeit wendet, greift Gruppe zwei mit Frank ein. Sie werden durch den alten Fluchttunnel, den wir freigelegt haben, versuchen, in den Saal zu gelangen und dort am linken Rand des Podiums für einen möglichst großen Tumult sorgen.

Wenn der Weltpräsident dann seine Aufmerksamkeit auf diesen Scheinangriff lenkt, wird ihn Simon von der anderen Seite her angreifen und überwältigen.".

„Und was sollen wir tun?", rief Celine. Sie hatte bei der Vorbesprechung gefehlt.

„Du und Daniel, ihr werdet mit Mr. Renner im Raum sein und bei Bedarf auf Simons Seite eingreifen."

„Wir sind nicht stark genug."

„Oh, Celine", stöhnte Danny, „jetzt gib endlich mal Ruhe. Ich habe gedacht, das haben wir geklärt. Wenn du nicht dabei sein willst, gehe ich eben allein mit Mr. Renner."

„Und was ist mit Janna?"

„Sie bleibt hier. Es war schon schwierig genug, drei Leute als Vertreter eines Präsidenten einzuschleusen. Ich hoffe nur, die Leibgarde nimmt uns den ganzen Schwindel ab."

Celine blickte Janna traurig an. „Ok."

Ich nahm Janna zur Seite. „Janna, könntest du Xenia von der Physio abholen? Wir sollen inzwischen schon mal unsere Rollen üben."

Hauptkommissar Gerhard Brandt

Das war sie, ohne Zweifel. Sie kam aus dem Hotel und lief an den Autos vorbei zur Bushaltestelle. Ich nickte Darren und seinen Leuten neben dem Cadillac zu und setzte mich in Bewegung. Ich hielt direkt auf sie zu.

„Hallo Janna!"

Sie blieb stehen und starrte mich völlig entgeistert an. Im nächsten Moment war Darren auch schon hinter ihr, drehte ihre Hände auf den Rücken und schloss sie mit Handschellen zusammen.

„FBI. Janna Lehmann, Sie sind festgenommen. Sie haben das Recht, die Aussage zu verweigern …"

Sie starrte mich ängstlich an.

„Was ist? Wollen Sie nicht einen Bären erscheinen lassen oder Wölfe?"

Sie antwortete nicht, blickte nur entsetzt von einem zum anderen. Wir ließen sie hinten in den geparkten Polizeitransporters einsteigen, setzten sie auf die Rückbank und schlossen die Hecktür, aber wir fuhren nicht los, sondern nahmen ihr gegenüber Platz.

„Janna Lehmann, hören Sie gut zu. Dies ist bis jetzt noch keine offizielle Polizeiaktion. Wir müssen aber wissen, wer Sie sind und was Ihre Gruppe hier vorhat. Wenn Sie uns nichts sagen, bringen wir sie ins Polizeipräsidium und werden das Gebäude durchsuchen."

„Nein! Bitte nicht!"

„Dann reden Sie mit uns. Was haben Sie und ihre Gruppe hier vor? Wir haben mehrere Männer mit Waffen ins Hotel gehen sehen. Bereiten Sie einen Anschlag vor?"

„Nein. Ich … Wir … wir machen hier nur Urlaub."

„Lassen Sie den Quatsch und sagen Sie die Wahrheit."

Sie sah verzweifelt von einem zum anderen, aber sie blieb stumm. Wie brachte man sie zum Reden?

„Na gut, Darren. Ab mit ihr ins Polizeikommissariat. Aber wir werden Verstärkung brauchen, wenn viele Bewaffnete im Hotel sind. Vielleicht sollten wir doch die Leibgarde anrufen."

„Nein, nein, nein! Oh Gott! Nein! Warten Sie!"

Ich wartete. Sie starrte immer wieder mich und dann Darrens Uniform an. Sie zögerte.

„Wer sind Sie?"

„Hauptkommissar Gerhard Brand aus München und das ist mein Freund Darren Brunner vom FBI."

„Sie …Sie sind nicht von der Leibgarde, oder?"

„Nein. Wir sind von der Polizei, beziehungsweise vom FBI."

„Aber Sie müssen doch alles der Leibgarde melden, oder?"

„Die Leibgarde muss über alle Vergehen gegen die Regierung oder gegen das Leben anderer Menschen unterrichtet werden. So steht das in der Anordnung über die Rechte der Leibgarde bezüglich der Polizei."

„Und … ist das eine gute Anordnung?"

„Was? Hm, es steht uns nicht zu, über politische Entscheidungen zu diskutieren. Wir haben sie auszuführen."

„Aber Sie sind doch auch Menschen und haben ein Gefühl für Richtig und Falsch, oder?"

„Ich verstehe nicht, worauf Sie hinaus wollen."

Ich hatte eine böse Vorahnung, was jetzt kommen würde.

„Können Sie ein falsches Gesetz auch ignorieren?"

Weder Darren noch ich antworteten. Wie oft hatten wir diese Anordnung schon ignoriert, um Leute vor Schaden zu bewahren und dabei eine Abmahnung riskiert. Das Gespräch schien in eine für uns gefährliche Richtung zu laufen. Ich atmete tief durch.

„Sie haben uns immer noch nicht gesagt, was Sie und Ihre Organisation hier vorhaben. Sie spielen nur auf Zeit. Wir fahren. Darren, gib das Signal zum Einsatz."

„Nein! Nein! Die Leute da drin haben auch Waffen. Es wird Tote geben. Wollen Sie das? Verdammt noch mal, Sie sind doch Polizisten, sie sind doch Menschen, oder …?"

Wir schwiegen und sahen sie erwartungsvoll an.

„Ok., ... Wir ... wir wollen das Ende der Leibgarde..."

Ich erschrak.

„... und wir wollen das Ende der Herrschaft des Weltpräsidenten."

Ich starrte Darren an. Er blickte zu Boden. Ich konnte mir vorstellen, was er gerade dachte. Mein Sohn war schon lange ausgezogen, aber seine Kinder waren noch in der High School. Das Risiko war verdammt hoch, eigentlich zu hoch. Wir schwiegen beide.

Dann hob Darren ruckartig den Kopf. „Miss Lehmann. Das ist Hochverrat. Das ist Terrorismus. Dafür kommen Sie auf den elektrischen Stuhl."

Er fixierte mich. „Da hast du mir ja was Schönes eingebrockt." Er versuchte streng und böse zu wirken, aber seine Lippen verzogen sich am Schluss zu einem kaum merkbaren Lächeln.

Ich lächelte zurück. „Ich mir auch. Wenn ich das geahnt hätte..."

Sein Lächeln wurde breiter. Er nickte. „Und was machen wir jetzt?"

„Keine Ahnung."

Wir schwiegen wieder und sahen uns gegenseitig an. Ich atmete tief durch, dann atmete er tief durch.

Unsere Gefangene verstand unsere wortlose Kommunikation nicht. „Bitte, wenn Sie da hineingehen, gibt es eine wilde Schießerei und die Leibgarde kommt und alles bleibt, wie es ist. Oh Gott, sehen Sie sich doch um, es darf doch nicht so weiter gehen. Die Menschen ... die Umwelt.... Alles geht zugrunde, sehen Sie das nicht? Haben Sie Kinder? Sollen sie in dieser Welt groß werden? Oh, bitte...!"

Wir beachteten sie kaum, starrten uns gegenseitig in die Augen und lächelten immer mehr. Es war ein schöner gemeinsamer Moment, ein Moment, der uns das Leben kosten konnte.

„Kannst du dich auf deine Männer verlassen?"

„Hundertprozentig. Sie stehen zu mir."

„Dann lass uns gehen." Ich öffnete die Hecktür und stieg aus.

„Was? Nein! Nein! Bitte nicht!", rief unsere Gefangene mir verzweifelt hinterher.

Darren nahm ihr die Handfesseln ab. Sie sah uns beide völlig verwirrt an.

„Wir drei gehen jetzt da rein und Sie gehen voran. Wenn wir nach 15 Minuten nicht zurück sind, informieren meine Männer die Leibgarde und wir stürmen das Hotel."

Drei Minuten später betraten wir das Hotel. Zahlreiche Gewehre und Pistolen wurden auf uns gerichtet und wieder gesenkt. Schließlich standen wir in einem großen Besprechungsraum. Der Mann am Ende des Tisches sah uns sehr verwundert an.

Janna hob beide Hände zur Beschwichtigung. „ZET, es tut mir leid, aber ich glaube, ich habe ein paar Leute getroffen, die uns helfen könnten."

Daniel

Es war wie in einem der alten James Bond Filme. Ein acht-köpfiges Team aus erfahrenen VUNAR-Kämpfern zog zur Befreiung eines Gefangenen los, und ich war mit dabei, einfach geil. Zwei Autos vor uns fuhr der Lieferwagen der Lebensmittelkette Richtung Hochsicherheitsgefängnis New York South. Plötzlich wurde er von einem Polizeiauto überholt und rechts heraus gewunken. Keine Ahnung, was die Polizisten den verblüfften Fahrer und seinem Beifahrer erzählten, aber kaum waren beide ausgestiegen, wurden sie auch schon festgenommen und in den Polizeiwagen verfrachtet. Fünf Minuten später fuhren zwei unserer Männer in den Anzügen der Lieferfirma vor das rückwärtige Tor des Gefängnisses und wir drängten uns im Frachtraum zwischen kalten Schinkenkeulen, riesigen Melonen und Tomatenkisten zusammen. Scheiße, der Wachmann hob sein Maschinengewehr. Wenn er jetzt etwas bemerkte und in den Wagen schoss? Ich klemmte mich hinter einen dicken Schinken und versuchte, einen Schutzschirm zu bauen. Der Wachmann redete irgendetwas mit unserem Fahrer, dann lachte er auf und wir waren durch die Sperre. Uff, das hatte schon mal geklappt.

Die acht FBI-Agenten, die sich uns angeschlossen hatten, bewachten draußen vor dem Gefängnis weiter die gefangenen Transporteure und warteten vor dem Tor auf unsere Rückkehr. Angeblich gab es dort den Verdacht auf eine umweltschädliche Kanaleinleitung, den sie untersuchen mussten.

Ein großer dunkelhäutiger VUNAR-Agent namens Kobran, der zur Wachmannschaft gehörte, öffnete uns das Tor zur Lebensmittelanlieferung.

„Kommt rein, schnell, unser Mann beim Überwachungsdienst hat alle Kameras auf Standbild geschaltet, aber die Ablösung kommt in einer halben Stunde, mehr Zeit haben wir nicht."

Wir joggten also durch die Lebensmittelanlieferung und schlichen dann durch die Küche. Wie geplant hatte die Küchenmannschaft noch nicht mit der Vorbereitung für das Mittagessen angefangen und alle Mitarbeiter waren in der Gefängniscafeteria. Plötzlich ein lautes Geräusch und alle fuhren erschrocken herum. Doch Kobran grinste und deutete auf einen dampfenden Geschirrspüler. Das Frühstücksgeschirr war fertig und das Gerät hatte sich automatisch geöffnet. Von der Küche liefen wir durch viele verwinkelte Gänge zum Hochsicherheitstrakt mit den Einzelzellen. Dann verharrte Kobran plötzlich an einer Verzweigung und bedeutete uns, keinen Ton mehr von uns zu geben. Ich scannte die Umgebung. Um die Ecke herum standen zwei Wachposten vor einer Stahltür am Ende des Ganges.

„Da drin ist er", flüsterte Kobran. „Aber wie werden wir die Wachen los, ohne dass sie Alarm schlagen können?"

Die Antwort hatten zwei der VUNAR-Kämpfer vorbereitet. Es fiepte nur ganz leise, als sie aus merkwürdigen langen Pistolen winzige Nadeln verschossen. Die Wachposten wischten die Einstiche wie Moskitostiche zur Seite. Einen Moment später sackten sie zusammen.

„Sind sie tot?", fragte Celine, die neben mir kauerte, betroffen. „Nein, nur betäubt," lächelte einer der Kämpfer „aber bei der Dosis schlafen sie bestimmt mindestens acht Stunden".

Eine Minute später saß Kobran am Öffnungsmechanismus. Er zerrte einen der Eingeschlafenen zur Tür und hielt die Hand des Betäubten auf einen Touchscreen an der Wand. Gleichzeitig tippte er eine Zahlenkombination ein.

„Es ist noch nicht meine Schicht, und sie ändern nur die Handsignatur mit der Schicht, die Zahlen bleiben den ganzen Tag gleich. Nicht sehr einfallsreich." Er grinste, und die schwere Stahltür schwang zu Seite.

„Hallo Simon."

Da stand er, der verschwundene Bruder des Präsidenten. Er war natürlich älter als auf den Fotos vor dem Absturz. Er wartete lächelnd vor seiner „Wohnung", einer seltsamen Art Gebäude ohne Dach, das in einer silbernen Kuppel stand, in der sich die verschiedenen Zimmer spiegelten.

„Hallo Kobran. Du hast es tatsächlich geschafft. Hallo, alle zusammen. Könnt ihr das Ding hier wegmachen?"

Simon zeigte auf einen schwarzen Kettenring, die sich um seinen Hals wandte und scheinbar schon dunkle Abdrücke auf der Haut hinterlassen hatte.

„Hm. Ich hoffe, unsere Leute bekommen das hin."

Die Agenten machten sich sofort an die Inspizierung der Halskette.

Ich konnte meine Augen nicht von Simon lassen. Er war größer als ich, etwa 185 cm. Helle Haut, wie fast alle hier. Etwa 30-35 Jahre alt, 17 Jahre davon eingesperrt. Unglaublich. Es war zwar keine kalte kleine Zelle, aber er war völlig isoliert. Alleine, in einer Stahlkuppel. Drehte man da nicht irgendwann durch?

„Junge, warum starrst du mich so an?"

„Nichts, ich habe nur nachgedacht."

„Leute, langsam. Wenn ihr die Kette durchschneidet, wird im ganzen Gebäude Alarm ausgelöst und der Präsident informiert. Also bitte ganz vorsichtig."

Nach fünf Minuten wurden die Mienen der Experten immer angestrengter und verzweifelter.

Ich hielt es nicht mehr aus: „Was ist denn los?"

„Das Schloss ist mit einem Elektrokabel verbunden, das sich wie ein Schaltkreis durch den Ring zieht. Wird der Elektronenstrom gestört, reagiert der Auslöser, der aber innerhalb des Kabels sitzt. Wir müssten den Auslöser deaktivieren ohne das Kabel zu treffen. Mit einem Laser würde das vielleicht gehen, aber mit unseren Mitteln… die Kette ist auch verdammt nah an seinem Hals."

Kobran wurde ungeduldig. „In 10 Minuten laufen die Überwachungskameras wieder an. Wir müssen hier raus."

Ich starrte Simon immer wieder an, der mittlerweile auf einem Stuhl vor seinem „Haus" saß, während drei Spezialisten die Kette beleuchteten und betasteten.

„Simon, warum kannst du dich eigentlich nicht selbst befreien? Du bist doch ein Materiewandler."

„Ja, aber der Ring hindert mich daran, meine Fähigkeiten zu nutzen. Er sendet dauernd irgendwelche Störsignale, und so nahe an meinem Kopf kann ich sie nicht ignorieren."

„Hm, aber mich hindert er nicht daran."

Simon zog fragend die Stirn in Falten.

„He, hört auf." Die Spezialisten drehten sich überrascht zu mir um, dann wandten sie sich wieder der Kette zu.

„Danny, was hast du jetzt schon wieder vor?" Celine. Dauernd wollte sie alles wissen.

„He, ihr da! Geht weg!"

Die Spezialisten ließen verwundert von Simons Kette ab und starrten den Drachen an, der sich vor ihnen erhoben hatte.

„Danny, was soll denn das?", rief Celine richtig genervt.

Der Drache verschwand.

„Ich wollte doch nur, dass sie aufhören. Und jetzt kümmere ich mich um die Halskette."

Ich scannte die Kette. Das elektrische Fiepen darin war wirklich verdammt störend, aber dann war ich am Auslöser und ließ ihn zu Kaugummi zerlaufen. Er würde nichts mehr senden. Das Kettenschloss zu öffnen, war danach auch kein Problem mehr. Krachend fiel die Kette zu Boden.

Simon starrte mich grinsend an. „He, Junge, du bist ja ein Wandler. Genial."

Kobran sah sich um. „Es hat keinen Alarm gegeben. Aber wir sollten trotzdem so schnell wie möglich gehen. Wir haben nur 6 Stunden für das Training und den Transport."

Simon schüttelte den Kopf.

„Training? Womit soll ich denn trainieren? Ich kann meinen Bruder besiegen, wenn er keinen Schutzschirm aufgebaut hat. Ich habe früher oft mit ihm gekämpft. Nur diese verdammte Kette…"

„Es kann immer etwas schiefgehen. Darum sollst du mit Daniel hier trainieren. …"

„Mit dir?" Er grinste mich an. „Gerne."

„Noch fünf Minuten. Ihr müsst raus", rief Kobran von der Tür.

„Wartet mal. Was ist mit den Wachen?", rief Simon im Laufen.

„Kein Problem. Sie wachen erst in etwa acht Stunden wieder auf, wenn die Ablösung kommt. Solange stelle ich mich mit Alex (einem anderen VUNAR-Kämpfer) als Wachen vor die Tür. Der Typ von der Videoüberwachung kennt mich und Alex wird einfach immer nach unten schauen. Lauft."

Verdammt. Was klapperte denn da?

„Celine, wozu schleppst du die blöde Kette mit? Sie ist zu laut!"

„Du bist zu laut!", zischte sie und drückte die Kette fester an sich. „Wie wollt ihr denn den Präsidenten fesseln? Er ist ein Wandler und kann sich doch sonst immer wieder selbst befreien."

Celine

Noch drei Stunden bis zur Entscheidung, und ich wollte auch mal sehen, was die beiden trieben.

„Herr Renner, darf ich zusehen, wie Danny und Simon trainieren?"

„Ja, ok., Celine. Ich hoffe, wir stören sie nicht. Komm!"

Ich folgte ihm in eine riesige Halle mit Säulen tief unter dem Gebäude. Was war das? Eine Tiefgarage?

„Du wunderst dich bestimmt, aber ich glaube, das ist der beste Ort für ein solches Training. Eigentlich ist es eines der großen Regenrückhaltebecken New Yorks und gleichzeitig ein Schutzraum für Katastrophenfälle."

„Jahoo!" Ein grünblauer Flugsaurier schoss an ihnen vorbei. Danny saß auf ihm und hatte ein Maschinengewehr in der Hand. Er jagte eine riesige Fledermaus, die um die Säulen der Halle flog. Plötzlich war sie hinter einer Säule verschwunden.

Der Flugsaurier krallte sich in die Säule, umkletterte sie, schnüffelte an ihr herum, fand aber nichts. Plötzlich wand sich eine Schlange aus dem Nichts um den Hals des Tieres und erdrosselte es fast. Doch der Saurier löste sich in Staub auf und Danny wurde nun von einer Art silbernem Surfboard getragen.

„Jahoo, der Silver Surfer ist unbesiegbar", rief er stolz.

Simon trat mit einer Armbrust hinter einer Säule hervor und schoss mehrere Pfeile gleichzeitig ab, doch Danny wich geschickt aus und schoss seinerseits auf die Säule. Die Patronen hinterließen einen Farbabdruck. Beide benutzten keine echten Waffen.

Simon erschuf ein riesiges keulenschwingendes Monster.

„Angriff des Silver Surfers", schrie Danny und schoss auf das Monster zu. Aus den Augenwinkeln bemerkte er uns, starrte überrascht zur Seite und wurde im selben Moment von einer Keule vom Board geworfen.

Er fiel, wurde aber im selben Moment von einem überdimensionalen Albatros aufgefangen und schwebte auf uns zu, während sich Simon von seinem Monster auf Händen zu uns tragen ließ.

„Hallo, ihr beiden. Wie geht es mit dem Training?", lächelte Herr Renner.

„Geil, endlich kann man mal richtig kämpfen", freute sich Danny. „Das ist nicht so ein Mädchenkram." Er grinste mich frech an. „Simon ist ein echt guter Gegner. Aber so ein paar Moves aus Fortnite und PUBG kann ich ihm noch beibringen."

„Und Simon, wie geht es dir?"

„Ich fühle mich so richtig wohl, endlich ohne diese grässliche Kette zu leben und ich kann meine Kräfte wieder einsetzen. Ich war am Anfang ja etwas eingerostet, aber das Training mit Danny macht richtig Spaß, ist ja fast so wie früher mit meinem Bruder."

Jonas Renner

Ich sah mir die beiden abgekämpften, aber glücklichen Krieger noch einmal an und irgendetwas machte gerade „Klick" bei mir. Celine sah mich fragend an. Warum sagte ich plötzlich nichts mehr? Ich musste irgendwie reagieren.

„Na ja, dann will ich euch mal nicht stören. Ihr habt ja nur noch drei Stunden."

Ich eilte zurück in den Tagungsraum und holte meinen Laptop hervor. Ich gab „Archiv" und „Absturz 2032" ein. Und dann kamen die Bilder. Ich ging weiter zurück. Die Zaubershow und die Berichte darüber. „Der erste Fall einer paranormalen Begabung", „Jacob und Simon - Zauberkünstler oder Superhelden?" Irgendwo musste das Foto sein. Da, da war es, kurz vor dem Abflug der Unglücksmaschine. „Die Superhelden auf der Flucht vor den Paparazzi". Natürlich wieder Jacob und Simon, aber im Hintergrund stand derjenige, der sie damals aus der Schusslinie nehmen wollte, der nie gewollt hatte, dass sie ihre Fähigkeiten öffentlich zeigten.

„Sie sind Brüder, nicht wahr?"

Ich hatte Celine völlig vergessen. Sie starrte hinter mir auf das Foto auf meinem Monitor.

„Und das da, das ist Papa!"

Sie hatte Tränen in den Augen.

„Celine!" Ich wusste nicht, was ich sagen sollte.

Sie schniefte. „Ich habe es auch gesehen. Sie ähneln sich so sehr. Oh mein Gott, das heißt, der Präsident ... der Präsident ist auch mein Bruder."

Sie drehte sich um und lief weg.

„Celine, nein, warte, er ist doch nur dein Stiefbruder."

Eine halbe Stunde später war sie wieder da. Sie hatte keine Tränen mehr in den Augen, wirkte aber sehr angespannt.

„Ich will wissen, was damals wirklich passiert ist."

„Gut, setz dich. Ich versuche, dir möglichst viel zu erklären, aber wir wissen auch nicht alles. Was du vorhin am Anfang gesehen hast, war eine Zaubershow, die Jacob und Simon Show. Sie waren damals 17 und 15 und feierten in Las Vegas unglaubliche Erfolge mit ihren Shows. Sie waren besser als David Copperfield oder die Ehrlich Brothers."

„Wer ist das?"

„Große Zauberkünstler, aber das war lange vor deiner Zeit."

„Konnten sie rendern?"

„Nein. Sie konnten nur ein paar erstaunliche Tricks, arbeiteten viel mit Technik. Jacob und Simon taten damals etwas, was kein intelligenter Zauberkünstler machen sollte, sie sagten nämlich, sie hätten wirklich übermenschliche Fähigkeiten und die Wissenschaft dürfte sie auch gerne überprüfen. Ihr Vater war dagegen, aber es gab einen unheimlichen Hype um diese angeblichen Fähigkeiten und schließlich bekamen sie von ihrer Mutter die Erlaubnis, an einem großangelegten Test teilzunehmen.

Es wurde zu einem Riesenspektakel. Die Wissenschaftler mussten vor den Augen der Weltöffentlichkeit kapitulieren und ihnen ihre paranormalen Fähigkeiten attestieren. Und dann wurden die beiden von Reportertrauben fast ertränkt. Während Jacob, der Ältere der beiden, das Bad in der Menge genoss, mochte Simon das Gedränge gar nicht. Man sieht ihn oft auf den Bildern ängstlich dastehen und sogar einmal weinen. Schließlich versuchte ihr Vater, Richard Brautigan, die Paparazzi loszuwerden und erklärte, die Familie brauche erst einmal ein paar Wochen Urlaub. Sie flogen von Las Vegas nach L.A., von L.A. nach Australien, von Australien nach Jakarta, immer verfolgt von der Presse. Von Jakarta wollten sie nach Bali, wo sie eine abgeschottete Bungalowanlage gebucht hatten. Aber sie kamen nie dort an. Das Flugzeug stürzte zehn Minuten nach dem Start ab und alle 139 Insassen kamen ums Leben. Nur Jacob war verschont geblieben, denn er hatte aus ungeklärten Umständen den Flieger verpasst. Es gibt Berichte von Flughafenmitarbeitern, dass er an Bord ging, aber offensichtlich hat er das Flugzeug heimlich wieder verlassen. Er wollte nicht in eine abgelegene Anlage, er wollte wieder zurück ins Rampenlicht."

„Warum ist das Flugzeug abgestürzt?"

„Nun, die Blackbox ist nie aufgetaucht, aber einige Fischer hörten einen lauten Knall und das Flugzeug ist sehr plötzlich abgestürzt, so dass es höchstwahrscheinlich eine Explosion an Bord gab.

Die offizielle Version ist, dass religiöse Fanatiker, die die Existenz paranormaler Menschen für eine Gefahr für ihre Religion hielten, eine Bombe gelegt hätten. Es gab im Internet tatsächlich damals Seiten, die zur „Vernichtung dieser gotteslästerlichen Teufel" aufriefen.

„Diese Verrückten. Warten Sie, Sie sagten, das ist die offizielle Version, was ist die inoffizielle, was ist die Wahrheit?"

„Das weiß niemand. Aber Jacob ist aus dem Flugzeug verschwunden und hat als einziger Wandler überlebt, so dachten wir jedenfalls. War das ein reiner Zufall oder hat er von der Bombe gewusst? Hat er sie eventuell sogar selbst gelegt?"

„Was? Nein. Dann hätte er ja seine eigene Familie umgebracht."

„Ja, ich weiß, das klingt erst einmal unglaublich. Aber wenn man erlebt hat, wie skrupellos er anschließend alle Menschen aus dem Weg geräumt hat, die ihm nicht gehorchten und seinen eigenen Bruder lebenslang eingesperrt hat, erscheint es nicht mehr ganz so unwahrscheinlich."

„Das glaube ich nicht. Das glaube ich einfach nicht."

„Du hast gesehen, wozu er fähig ist. Und du hast gesagt, du hast ihn gespürt.

„Ja, ich ... Oh mein Gott, er ist so ... Aber warum ...? Wie kann man nur? Es war doch seine eigene Familie."

„Wir wissen es nicht, Celine. Wir wissen nicht, was in seinem Kopf vorgeht, warum er so ist wie er ist. Ein Psychologe hat mir mal erklärt, es wäre eine extreme Form der Histrionischen Persönlichkeitsstörung."

„Was?"

„Ja, das ist die ständige Sucht nach Aufmerksamkeit. Sowas beginnt manchmal schon im Kindesalter, zum Beispiel, wenn erstgeborene Kinder plötzlich nicht mehr die volle Aufmerksamkeit ihrer Eltern bekommen, wenn ein zweites Kind geboren wird. Simon war eine Frühgeburt und als Kind schwer krank. Alles drehte sich wahrscheinlich nur noch um ihn. Jacob hatte den Eindruck, er werde plötzlich weniger geliebt und machte alles, um wieder alleine im Zentrum der Aufmerksamkeit zu stehen. Normalerweise werden Kinder wie Jacob mit ihrer Gier nach Liebe und Anerkennung durch ihre Eltern und ihre Umgebung irgendwann in ihre Schranken gewiesen, aber wie maßregelt man jemanden, der mit seinen Fähigkeiten allen überlegen ist? Sein Vater hat es scheinbar versucht und er hat ihn dafür umgebracht."

„Das hat er nicht."

„Das stimmt. Ich verstehe immer noch nicht, wie Simon und dein Vater die Explosion und den Absturz überleben konnten."

„Mein Vater hat dabei seine Erinnerung völlig verloren. Er denkt, er ist aus einem Boot gefallen."

„Ja, aber das „Boot" war ein Flugzeug, das in 9000m Höhe explodiert und dann ins Meer gestürzt ist."

„Und die Mutter, ich meine, seine Frau?"

„Sie ist gestorben. Einige Leichen hat das Suchteam damals gefunden. Anna Brautigan war eine von ihnen."

„Mein armer Vater. Gottseidank erinnert er sich nicht daran."

Eine unangenehme Pause. Richard Brautigan hatte seine Frau verloren, genau wie ich damals. Aber im Unterschied zu ihm konnte ich mich daran erinnern. Und plötzlich stand der Alptraum wieder vor mir. Das Kreischen des Metalls, der Abhang, das blutüberströmte Gesicht Sylvias neben mir im Auto, die entsetzlichen Schreie Xenias vom Rücksitz. Oh mein Gott, oh mein Gott. Ich atmete tief durch. Ich brauchte eine Pause.

„Celine, ich wollte nochmal mit Frank reden, bevor es losgeht. Hast du noch mehr Fragen?"

„Nein. Danke."

Sie zog ab, und ich atmete auf. Ja, ich wollte Frank wirklich nochmal treffen und ihm alles Gute wünschen, aber ich musste mich erst einmal beruhigen. Der Unfall war jetzt sechs Jahre her, aber manchmal kam es einfach wieder hoch und mein Herz raste wie damals. Ich hielt mir die Hände vor das Gesicht. Nein, nur nicht daran denken. Du bist hier und du wirst diesen Plan durchführen, und Xenia wird in einer besseren Welt aufwachsen.

Nur noch 90 Minuten bis zum Auftritt des Präsidenten. Wir mussten in die Maske. Wo waren die beiden Wandler? O.k., Simon und Daniel waren scheinbar schon vorgegangen. Wo blieb Celine?

Ich öffnete leise ihren Raum. Sie saß in der Mitte mit verschränkten Beinen und geschlossenen Augen. Sie war irgendwo in ihrer Welt, aber ihre Lippen bewegten sich, als würde sie mit jemanden reden. Menschen, die mit sich selbst reden, sind oft einsam, hatte ich gelesen. Ich redete oft mit mir. War ich einsam? Nun ja, ich hatte mich nach Sylvias Tod wirklich sehr zurückgezogen, war auf keine Feste mehr gegangen und wich Einladungen aus. Aber ich hatte doch Xenia und die Organisation. War Celine einsam? Oder war alles so aufregend, dass sie es für sich rekapitulierte? Nein, da war etwas anderes. Es schien fast so, als bestünde sie aus zwei Personen, denn sie bewegte ihre Lippen, dann schüttelte sie den Kopf, dann bewegte sie wieder ihre Lippen und nickte.

„Celine, wir müssen gehen!"

Sie öffnete die Augen und lächelte mich merkwürdig versonnen an. „Ja, wir gehen."

Irgendetwas an ihr war ganz anders als noch vor zwei Stunden. Sie wirkte, als wäre sie geistig gar nicht da. Sie lief neben mir zur Maske, aber sie lächelte ständig vor sich hin, sah mich nicht an.

„Celine, ist irgendetwas passiert?"

„Nein. Alles ist gut."

Sie lächelte. Wir waren auf dem Weg zu einem lebensgefährlichen Unternehmen und sie lächelte. Was war los mit ihr?

Janna kam uns entgegen und wir blieben stehen. „Hallo Janna, wie geht es Xenia?"

„Es geht ihr gut. Die Physio hier macht ihr Spaß und sie versucht tatsächlich schon zu springen. Sie will unbedingt wieder Basketball spielen. Ich habe so den Verdacht, dass ihr Trainer in Würzburg dahinter steckt."

„Hm, ihr Trainer. Heißt ihr Trainer vielleicht Erik?"

„Ja. Ach, das wusstest du schon?"

„Nein, ich habe es mir so ein bisschen gedacht. Ich kenne ihn auch nicht. Ist er auch ein Rolli?"

„Nein, er ist Betreuer im Körperbehindertenzentrum."

Ein Stein fiel mir vom Herzen. „Gut. Sehr gut."

Ich sah zu Celine. Sie lächelte. Hatte sie es überhaupt mitbekommen?

„Aber das sollten wir Danny vorläufig lieber nicht sagen."

Celine sagte nichts, starrte nur lächelnd vor sich hin.

„Celine, lauf doch schon mal zur Maske. Ich muss mit Janna noch kurz was besprechen."

„Ja, ok."

Und sie lief los.

„Ist irgendwas mit Celine? Sie ist so abwesend." Janna hatte es natürlich sofort bemerkt.

„Ja, irgendetwas stimmt nicht mit ihr. Kannst du mal mit ihr reden?"

„Ja, mach ich. Mal sehen, was los ist."

Wir standen uns einen Moment schweigend gegenüber. Ich wusste nicht recht, was ich sagen sollte.

„Tja, dann ist das wohl der Tag X."

Janna machte einen Schritt nach vorne und umarmte mich.

„Viel Glück. Ich hoffe nur, es klappt und wir sehen uns alle anschließend gesund und munter wieder."

Sie hatte mich noch nie umarmt. Irgendwie war das komisch. Aber wenn es heute schiefging, war es wahrscheinlich die letzte Umarmung meines Lebens und ich umarmte sie auch. Dann drückte ich sie sanft weg.

„Es wird nicht schiefgehen. Und ich muss jetzt wirklich in die Maske."

„Ich weiß, ich kümmere mich um Celine."

Ich lief zur Maske und stieß völlig in Gedanken versunken an einen Mülleimer auf dem Weg. Zum Teufel, ich musste mich auf unsere Mission konzentrieren und nicht an irgendetwas anderes denken.

Nur noch eine halbe Stunde bis zum Auftritt des Präsidenten. Die Präsidenten wurden in den großen Sitzungssaal der UNO eingelassen. Dabei natürlich der Vertreter des paraguayischen Präsidenten, der dank seines VUNAR-Leibarztes wegen starker Diarrhoe seinen Besuch zugunsten der Toilette absagen musste. Sein von ihm ernannter Stellvertreter war am Flughafen vom FBI abgeholt und in ein Auto gesetzt worden, in dem ihn plötzlich der Schlaf übermannte. Dem jungen Vertreter der Komoren und seiner Frau war es ähnlich ergangen.

Die Schminkerei hatte gefühlt mindestens eine Stunde gedauert und die Stylisten hatten es tatsächlich geschafft, Daniel und Celine von der Ferne wenigstens zwanzig Jahre älter aussehen zu lassen.

Der Saal platzte vor Menschen. Von den nahezu 200 Staatenlenkern hatten einige ihre Frauen mitgebracht, andere einen oder zwei wichtige Minister. Wir saßen immerhin in der vierten Reihe, ganz vorne in der ersten natürlich die Präsidenten der großen Atom- und Wirtschaftsmächte.

„Ist das der russische Präsident da vorne?", fragte mich Daniel von der Seite. „Ja, und da rechts daneben ist der chinesische Präsident."

„Wow, die wollte ich mir schon immer mal näher ansehen."

Daniel schloss die Augen und atmete tief ein.

„Danny, du darfst sie nicht scannen, der Präsident kann jeden Moment kommen", flüsterte Celine ärgerlich. „Er merkt das."

„Spielverderberin. Er ist noch gar nicht da und ich wollte schon immer sehen, was die Leute so im Kopf haben. Ich …"

Er verstummte.

„Daniel?"

„Sie … sie haben wirklich etwas im Kopf, etwas Kleines aus Metall."

„Dann ist es also wahr."

„Was?"

„Wir haben nie verstanden, warum die mächtigsten Menschen der Welt nichts gegen den Weltpräsidenten unternommen haben. Einige haben vermutet, er hätte ihnen so etwas wie einen Chip oder eine Bombe eingepflanzt."

„Oh Gott, aber wie …"

„Pst, es beginnt."

Mit einem lauten Summen schloss sich schwere Tür des Saals und auf der Bühne trugen rotschwarz gekleidete Leibgardisten in künstlich verlangsamtem Schritt das pompöse Podium herein. Dann ertönte die Fanfare, der Präsident trat aus dem Vorhang und stolzierte zum Pult. Ich blickte mich um und stand wie alle Präsidenten schweigend auf, als hätte es einen lautlosen Befehl dazu gegeben. Nur die beiden Wandler blieben sitzen. Ich zupfte Daniel am Ärmel und bedeute ihm, sofort aufzustehen. Er sah sich irritiert um, stieß dann Celine an, die ihn zuerst unwirsch ansah, aber dann auch schnell aufstand. Ich blickte zum Podium. Der Weltpräsident hatte den kleinen Zwischenfall gottseidank nicht bemerkt.

Plötzlich überkam mich ein merkwürdiges Ziehen. Ich verspürte den Wunsch, alles loszulassen, zu versinken. Meine Muskeln gehorchten mir kaum noch. Ich starrte Danny aus den Augenwinkeln heraus verzweifelt an, dann wich der Druck mit einem Mal und ich hatte wieder Kontrolle über mich.

„Besser?", flüsterte Danny.

„Ja, danke." Ich blickte mich um. Alle Präsidenten standen starr vor sich hinblickend, wie hypnotisiert. Der Weltpräsident trat lächelnd ans Pult.

„Meine lieben hier versammelten Damen und Herren, Abbild der Völker dieser Welt. Wir sind heute zusammengekommen, um auch hier den Beginn einer neuen Zeit zu feiern, den Tag, an dem die Präsidenten der Welt mir die Macht gaben, eine geeinte Welt zu schaffen, eine neue friedliche Welt, in der ..."

Ein lautes Geräusch aus dem verborgenen Fluchttunnel. Einige Leibgardisten rannten aufgeregt zum Eingang des Tunnels. Der Präsident unterbrach seine Rede und starrte wütend auf seine Leibgardisten. Der Lärm aus dem Tunnel wurde lauter. Noch mehr Leibgardisten eilten hinzu und verschwanden darin. Jetzt hörte man eindeutig Kampfgeräusche. Frank machte seine Sache gut. Jetzt, jetzt musste Simon von der anderen Seite des Podiums erscheinen, den Präsidenten überwältigen und ihm die Kette umlegen.

Aber er erschien nicht. Warum nicht? Ein Schuss aus der Technikerecke. Der Präsident drehte sich verwundert um. Mehrere Schüsse, dann trat Simon aus dem Vorhang. Er hatte die Kette in der Hand, doch über sein Hemd lief Blut. Oh Gott, was war passiert? Wo war unser Überraschungseffekt?

Der Präsident hatte sich wieder gefangen und lachte überlegen. „Hahaha, hallo Brüderchen. Wie hast du denn das geschafft?"

Als Antwort zischte ein Stahlnetz Richtung Präsident, doch einen Metter vor ihm fiel es wie kraftlos zu Boden. Der Präsident hatte bereits seinen Schutzschirm aktiviert. Dann ging alles fürchterlich schnell. Der Präsident schoss einen ganzen Hagel von Pfeilen auf Simon ab, aber dieser saß plötzlich weit über ihm auf einem Drachen, der drohte, den Präsidenten zu verschlingen. Eine Millisekunde später zerschnitt ein Lichtstrahl den Drachen in der Hälfte, und Simon krachte mit den Resten auf den Boden, und die Kette flog an den Rand der Tribüne. Der Drache löste sich auf, und eine riesige Schlange ringelte sich um den Schutzschirm des Präsidenten und versuchte ihn zu erwürgen. Doch der Schirm wurde rotglühend und die Schlange verschmorte mit einem Zischen an ihm. Ein Feuerstrahl aus dem roten Schirm traf Simon, doch einen Meter vor ihm endete der Strahl an Simons Abwehrschirm. Der Präsident grinste. „Nicht schlecht. Aber ich habe keine Lust mehr zum Spielen". Riesige Hände erschienen direkt vor dem Schutzschirm, hielten ihn fest und schienen ihn langsam auseinander zu ziehen. Und plötzlich stand die Angst auf Simons Gesicht.

„Hilf ihm, Danny. Er schafft das nicht. Hilf ihm." Celine stieß Daniel in die Seite, doch er bewegte sich nicht und starrte mit großen Augen auf die Bühne.

Daniel

‚Das … das war kein Spiel mehr. Ich spürte plötzlich den mordgierigen Willen und die ungeheure Kraft des Präsidenten. Das war kein Gegner in irgendeinem spannenden Game, das war ein Killer, ein Wahnsinniger, der Spaß daran hatte, seinen Bruder zu töten. Das war echt.'

„Hilf ihm, Danny, er schafft das nicht. Hilf ihm!"

‚Oh Gott. Ich kann ihm nicht helfen. Der Präsident ist viel zu stark für uns. Er wird uns alle umbringen.'

Simons Schutzschirm brach zusammen. Die Hand des Präsidenten warf ihn gegen die Wand. Er schrie auf und versuchte, zum Technikereingang zu entkommen, doch der Präsident verschloss ihn mit einer unüberwindbaren Stahlwand. Die Hand ergriff Simon und schleuderte ihn wieder gegen die Wand.

„„Hilf ihm, Danny!"

‚Ich will raus hier. Weg, weg, nur weg hier! Ich bin nicht verrückt. Ich will nicht sterben! Ich will nicht sterben! Ich will leben!'

Celine packte mich und sah mir starr in die Augen. „Er stirbt, wenn du ihm nicht hilfst."

„Ich will nicht sterben. Ich will nicht sterben. Ich will nicht sterben. Oh mein Gott, Mama, Papa, Anisa. …'

Eine Sekunde später raste ich mit meinem Flugdrachen direkt auf den Präsidenten zu und feuerte mit meinem

Maschinengewehr ununterbrochen eine Salve nach der nächsten ab. Der Schutzschirm leuchtete blutrot auf und der Präsident drehte sich um. „Was? Wer bist du?"

Ich antwortete nicht und schoss weiter. Im nächsten Moment sah ich den Feuerstrahl. Doch ich hatte schon damit gerechnet und wich geschickt aus. Tausendfacher Move aus Fortnite, no problem. Plötzlich versperrte mir wie aus dem Nichts ein Stacheldrahtzaun die Flugbahn. Ich musste scharf bremsen und mein Drache wurde von einem Feuerstrahl getroffen. Schade, doch ich setzte mit meinen neu erdachten Fledermausflügeln sofort zum Angriff auf den Präsidenten an, zerschoss den Boden, auf dem der Präsident stand. Er wackelte, sank ein, haha, aber er schloss den Boden unter sich sofort wieder. Ich schoss auf die Decke über ihm, aber ich war einfach zu langsam. Ein nächster Feuerstrahl versengte einen meiner Flügel und ich taumelte zu Boden, knallte auf die Podiumskante. Ein stechender Schmerz durchzog mein Bein und ich konnte an nichts anderes mehr denken. Ein riesiger Morgenstern mit stählernen Nagelspitzen formte sich aus dem Nichts direkt über mir. Nein! Ich konnte nicht mehr denken, nicht mehr rendern. Ich heulte und schloss die Augen. Das war das Ende.

Doch nichts geschah. Ich sah wieder hoch. Die mörderische Waffe waberte und löste sich langsam in nichts auf. Simon hatte einen Wirbelsturm aus Blättern erdacht, in dem der Präsident stand und nichts mehr sah. Ich war gerettet. Doch die Freude dauerte nur einen winzigen Moment. Die Blätter fielen plötzlich verwelkt zu Boden und der Präsident war wieder frei. Mit einem Mal wurde Simon von einem Fischernetz umspannt, dass ihn an der Wand hochzog. Er zappelte darin wie ein gefangener Fisch. Eine Hand aus dem Nichts schlug plötzlich auf den Zappelnden im Netz ein und sein Hinterkopf knallte gegen die Wand. Er brach zusammen. Und dann löste sich das

Netz mit einem Ruck auf und Simon fiel ungebremst nach unten. Es gab ein dumpfes Geräusch. Er rührte sich nicht mehr. War er tot?

„Du Schwein!" Ich hatte mich wieder gefangen und hatte einen Raketenwerfer erdacht. Ich feuerte … aber meine Rakete blieb wirkungslos in Jacobs Schirm stecken. Ich warf mich zur Seite, so dass sein Feuerstrahl den Stuhl neben mir versengte. Doch da war er wieder, der Schmerz in meinem Bein. Ich versuchte verzweifelt, mich zu konzentrieren und baute einen Schutzschirm.

„Celine, hilf mir! Bitte hilf mir."

Jonas Renner

Es ging alles so irrsinnig schnell wie in einem Computerspiel. Diese Verwandlungen, diese Waffen … Aber Simon war offensichtlich tot und der Präsident drehte sich zu Danny, der am Boden lag.

„Celine! Hilf mir! Bitte hilf mir!"

Das Mädchen kauerte sich unter dem Stuhl zusammen, den Kopf zwischen die Beine geklemmt. Das durfte doch nicht wahr sein.

„Celine, hilf ihm, hilf Danny!"

Sie hob den Kopf und blickte mich mit starren Augen an. Sie sah mich nicht wirklich an. Sie war irgendwo anders.

„Ich helfe ihm doch. Ich helfe uns allen."

Völlig tonlos, als wäre sie nicht von dieser Welt. Wo war sie mit ihrem Geist, mit ihren Fähigkeiten, unterstütze sie ihren Bruder, ohne dass wir es wahrnehmen konnten?

Nein, der Schild ihres Bruders brach zusammen.

„Hahaha, was für ein Jammerlappen. Du musst noch viel lernen. Nein, du hättest noch viel lernen müssen. Denn nun stirbst du."

Im gleichen Moment ging ein Leuchten über Celines Gesicht. „Er ist hier!"

Das Tor zur Halle flog mit einem Riesenknall auf. Der Präsident und Daniel erstarrten wie die Leibgardisten, die am Fluchttunnel noch immer kämpften. Eine große dunkle Wolke zog schnell vom Tor zur Tribüne und nahm dort eine menschliche Gestalt an. Eine Gestalt, die ich sehr wohl kannte.

„Mörder!"

Der Präsident starrte sein Gegenüber ungläubig an: „Du bist tot! Du bist tot!"

Im nächsten Moment warf ihn ein gewaltiger Schlag an die Wand, nur sein Schild schütze ihn vor tödlichen Verletzungen.

Er stand wieder auf, presste die Lippen zusammen und fixierte seinen Vater.

„Ich… ich habe keine Angst mehr vor dir. Ich habe dich schon einmal umgebracht und ich bringe dich auch noch einmal um."

Ein glühend heißer Feuerstrahl traf seinen Vater. Ich musste die Augen schließen. Der Feuerstrahl verschwand, aber der Vater stand ungerührt in einem blau leuchtenden wabernden Umriss.

„Mörder! Du hast deine eigene Mutter ermordet!"

Eine gewaltige Faust erschien aus dem Nichts, packte den Präsidenten von hinten und warf ihn wie ein Spielzeug in die Luft. Der Präsident erschuf einen fliegenden Drachen, auf den er sich setzte und hob zum Sturzflug auf seinen Vater an, doch die Faust schnellte blitzschnell hoch, krachte in den Kopf des Drachen und schleuderte den Präsidenten zu Boden. Der Drache verschwand. Die Faust öffnete sich, um den Präsidenten zu greifen, doch der Schild des Präsidenten hielt sie auf. Der Präsident grinste überlegen in der roten Blase, die ihn umgab. Er war unangreifbar. „Hahaha. Ich bin unsterblich. Niemand kann mich besiegen. Niemand! Auch du nicht!"

Die Hand hielt einen Moment inne, dann wurde sie langsam größer und umschloss den Schutzschirm mit einem eisernen Griff. Sie begann zu zittern und der Schild begann blutrot zu leuchten. Ich erwartete das Schmelzen der Hand, doch nichts geschah. Dann wurde das rote Leuchten schwächer und der Schild etwas kleiner. Der Präsident starrte ungläubig auf sein Gegenüber. Der Schild wurde kleiner und kleiner. Es dauerte Sekunden, die mir wie Minuten vorkamen. Schließlich musste sich der Präsident in seinem Schild zusammenkrümmen und … der Schild erlosch. Die Hand schrumpfte blitzschnell auf eine fast menschliche Größe und krallte sich um den Hals des Präsidenten. Er versuchte um Hilfe zu rufen, aber außer einem Gurgeln kam nichts mehr heraus. Die Hand drückte weiter fest zu und der Präsident klappte zusammen.

„Papa! Nein! Nein!", schrie Celine auf.

Die Hand auf der Bühne hielt inne, als hätte sie Ohren und den Schrei gehört.

„Papa, er ist dein Sohn …. Und mein Bruder."

Ein Zögern, dann ließ die Hand den Präsidenten fallen. Er hustete und keuchte, er übergab sich, aber er war offensichtlich nicht tot.

Das war die Chance. Ich stürzte an allen Präsidenten vorbei auf die Tribüne, griff die Kette und legte sie schnell um den Hals des Präsidenten. Erleichtert stand ich wieder auf. Ich hatte es geschafft!

Dann drehte ich mich um. Eine riesige Königskobra hatte sich zischend vor mir aufgebaut.

„Du hast meine Kinder entführt und in Gefahr gebracht!"

Scheiße. Das war mein Ende. Die Schlange öffnete ihr Maul. Ihre Giftzähne blitzten.

„Nein, das stimmt nicht." Daniel hatte sich wieder erholt und kam mühsam hinter seinem Vater auf die Beine. „Wir sind freiwillig gegangen. Es war meine Idee. Wenn schon, dann musst du mich bestrafen."

Die Kobra löste sich in Rauch auf und Daniels Vater drehte sich um. „Wir reden Zuhause darüber."

„Nein. Wir reden hier. Denn es gibt hier viel zu tun."

„Es gibt hier nichts, gar nichts für uns zu tun. Wir gehen nach Hause."

„Es gibt hier sehr viel zu tun", kam es plötzlich von Celine, die auch auf die Tribüne geeilt war und sich über Simon gebeugt hatte.

„Er ist nicht tot. Unser Bruder ist nicht tot. Wir müssen ihm helfen."

Daniel humpelte auf den reglosen Körper zu und schloss die Augen. „Es ist die Wirbelsäule, Papa. Ich kann ihn heilen, ich weiß, wie das geht, aber er ist irgendwie auch weg. Papa, hilf ihm."

Der Vater drehte sich von mir weg zu den beiden Wandlern und beugte sich über seinen verloren geglaubten Sohn. „Simon, Simon, bist du das?"

Er schloss die Augen. Dann öffnete er sie wieder.

„Er hat seinen Geist weggeschlossen. Er erkennt mich nicht. Er will gehen."

Er erkennt dich nicht, das ist zu lange her, aber ich habe mit ihm trainiert. Er kennt mich, Papa. Papa, gib mir Kraft, ich will mit ihm reden."

Ich verstand nicht, was sich in dieser Geisterwelt abspielte, ich sah nur wie die beiden Wandler sich bei den Händen nahmen und die Augen schlossen.

Allerdings sah ich vor mir den Tumult, der vor der Tribüne ausbrach. Die Politiker waren aus ihrer Hypnose erwacht und schrien durcheinander. Sie wollten die Bühne stürmen und die Leibgardisten hielten sie nur zögerlich auf, wussten offensichtlich gar nicht so recht, was sie jetzt tun sollten. Ich musste das Chaos irgendwie stoppen. Ich sah zum Eingang des Fluchttunnels, aus dem Rauch hervorquoll. Und da, aus der wabernden Staubwolke wankte hustend eine bekannte Gestalt. „Frank, Frank!"

Der Zwei-Metermann wirkte benommen, dann kämpfte er sich auf die Bühne. „Frank. Wir brauchen Ordnung!"

Er starrte mich an, verstand nicht ganz, was los war, aber er reagierte. Er zog seine Pistole und schoss dreimal in die Luft.

„Alle mal zuhören!" Es herrschte ein Moment der Stille. Ich musste ihn nutzen. Ich nahm das Mikrofon vom Podest und versuchte so laut und klar wie möglich zu sprechen.

„Liebe Präsidenten, liebe Gardisten. Wir haben hier leider einen Notfall. Die heutige Sitzung ist auf morgen verschoben. Gehen Sie wieder zurück in ihre Unterkünfte. Die Gardisten werden sie begleiten. Ich wiederhole, die Sitzung ist auf morgen verschoben. Bitte gehen Sie jetzt. Erklärungen gibt es morgen."

Frank stellte sich demonstrativ mit seiner Pistole neben mich. Es gab einige wütende Rufe, aber die ersten Präsidenten verließen den Raum. Weitere folgten. Die Gardisten zuckten mit den Schultern und begleiteten sie. Ich konnte wieder nach den Wandlern sehen. Sie hatten die Hände gelöst.

„Simon? Simon, bist du da?" fragte der Vater. Der Körper bewegte sich nicht, dann öffnete Simon plötzlich die Augen. „Wer bist du?"

„Ich bin es, Simon, dein Vater. Ich habe nicht gewusst, dass du auch überlebt hast."

„Papa?"

Sein Vater wollte ihn drücken, aber Daniel hielt ihn auf. „Papa, er kann sich noch nicht bewegen. Ich muss seine Nerven erst wieder verbinden. Ich weiß, wie das geht."

Die verbliebenen Präsidenten wichen nicht. Wütende Rufe gegenüber Frank. Einige schienen wirklich Mut zu haben, drohten das Podium zu stürmen. Aber im Moment war das leider die falsche Reaktion.

Ich wandte mich zu Celine.

„Celine, kannst du diese Präsidenten dazu bringen, wegzugehen?"

Celine nickte, stand auf und fixierte die Menge. Dann schloss sie die Augen. Es wurde augenblicklich ruhiger. Einige

Präsidenten wirkten wie hin und hergerissen. Dann begannen sie sich langsam zum Ausgang zu bewegen.

Es herrschte endlich Ruhe.

Ich zückte mein Handy. „VUNAR. Aktion erfolgreich. Bitte kommen."

Sofort erschien die Textmeldung.

„Renner, sie sind genial. Wie kommen wir an den Wachen vorbei?"

Ich blickte Frank an. Er nickte müde.

„Der alte Fluchttunnel müsste frei sein."

Zwei Wochen später

Es hatte sich so viel verändert. Die Leibgarde war aufgelöst worden und Polizei und FBI sorgten wieder überall für Ruhe und Ordnung. Kommissar Brand war wieder zurück nach München geflogen und dort mit allen Ehren empfangen worden und Darren Brunner vom FBI befördert worden. Jacob Brautigan befand sich in einer psychiatrischen Klinik, wo sich die Therapeuten bemühten, ihn zu heilen.

An die Stelle eines Weltpräsidenten war vorläufig ein gewähltes Dreierteam getreten, das aus zwei Männern und einer Frau bestand. Bei drei Leuten war die Wahrscheinlichkeit einer autoritären Regierung schon mal geringer. Über die genauen Befugnisse dieser neuen Weltregierung, des Weltparlaments und des internationalen Gerichtshofes wurde allerdings immer noch schwer debattiert. Die VUNAR leitete die Sitzungen und ermahnte die Vertreter der einzelnen Staaten immer wieder zur Eile und zur Kooperation. Es durfte keine Einzelinteressen der Staaten mehr geben, es galt jetzt, die Menschheit zu retten. Eine gut funktionierende Weltregierung war notwendig, denn die Klimakatastrophe musste so schnell wie möglich gestoppt werden, der weltweite Handel musste wieder in Gang kommen, die Hungersnöte bekämpft und Diktaturen beendet werden. Eine gewaltige Aufgabe, aber man hatte immerhin die ungeheuren Reichtümer New Romes zur Verfügung. Man musste sie jetzt nur möglichst sinnvoll einsetzen.

Wir saßen in der alten Cafeteria der UNO. Unsere Gruppe war vollzählig im kleinen gemütlichen Nebenraum versammelt. Ich, Xenia, Janna, Frank und die drei Materiewandler.

Ich wandte mich an Richard Brautigan alias John Ramdani: „Möchten Sie nicht doch noch hier bleiben?

„Nein, danke. Auf keinen Fall. Ich will zurück auf meine Insel, zurück zu meiner Frau und zu meinen Freunden."

„Verständlich. Und Sie, Simon?"

„Ich gehe mit ihm. Ich habe meinen Vater so lange nicht gesehen. Und ich habe eine neue Familie, die ich noch gar nicht so recht kenne. Und dann möchte ich gerne reisen. Ich war so lange eingesperrt, ich würde gerne die Welt sehen, und dann …. Dann möchte ich etwas Sinnvolles lernen, vielleicht Architektur studieren. Ich wollte früher Architekt werden, bevor mein Bruder mit den Zaubershows anfing."

„Das hört sich doch nach einem sehr guten Plan an. Und ihr, Kinder?"

„Ich gehe mit Papa, ich will meine Schule fertig machen und studieren." Celine strahlte Janna an. „Vielleicht studiere ich ja mal Biologie."

„Daniel?"

Daniel presste seine Lippen etwas zusammen. Ich ahnte, was in ihm vorging. Xenia oder seine „Freundin" in Sungai Bali? Hatte ihm mittlerweile jemand etwas von diesem Erik erzählt?

„Ich gehe auch mit."

Er blickte Xenia an. Scheinbar hatten die beiden schon vorher miteinander gesprochen.

„Xenia, ich werde dir schreiben. Vielleicht kannst du mich ja auch mal in den Ferien besuchen."

„Das mach' ich, das mach' ich bestimmt. Sebuku scheint auch eine wirklich tolle Insel zu sein."

Celine grinste und flüsterte Daniel neben mir zu „Das wird Anisa sicher freuen."

Daniel grinste zurück. „Mikael wird sich sicher auch freuen. Er fragt mich nämlich ständig nach dir. Er traut sich nur nicht, mit dir zu reden, weil du immer so supertaff tust."

Celine stand der Mund offen. Jetzt musste ich lächeln.

Am nächsten Morgen verabschiedeten wir uns am Flughafen herzlich von der Familie. Aber Janna war offensichtlich irgendwie noch nicht ganz zufrieden.

„Herr Brautigan, Ihre Kinder haben diese unglaublichen Fähigkeiten. Aber was passiert, wenn Ihre Kinder wieder Kinder haben? Dann werden wir sehr bald viele Materiewandler haben und wie sollen wir sie je kontrollieren?"

Er lächelte. „Diese Frage habe ich schon lange erwartet. Nun, meine Kinder haben nur etwa die Hälfte meiner Kräfte, und ich denke ihre Kinder werden noch weniger in die Materie eingreifen können. Ich bin eine Laune der Natur, eine DNA-Anomalie, und ich hoffe, ich bleibe die einzige. Wissen Sie eigentlich, wie schön es ist, ein normales Leben zu führen? Abends nach der Arbeit mit Freunden an der Bucht zu sitzen, an der Strandbar gemütlich ein Bier zu trinken und Karten zu spielen? Mit seiner Frau den Sonnenuntergang über dem Meer anzusehen, den Sternenhimmel zu beobachten…? Wissen Sie, kein Mensch braucht Superkräfte, um glücklich zu sein."

Er lächelte und sah mich prüfend an. Ich nickte. Ich hatte verstanden.

Zwei Stunden später saßen wir im Flugzeug nach Hause, Frank las neben mir einen alten Fitzek-Krimi, Xenia sah sich ein Video an und Janna recherchierte irgendetwas an ihrem Laptop. Plötzlich schüttelte sie heftig den Kopf und machte Frank Zeichen, dass sie mit ihm den Platz tauschen wollte. Er erhob sich umständlich und Janna setzte sich aufgeregt neben mich.

„Jonas, ich habe heimlich die DNA des Vaters und der Kinder genommen und sie untersuchen lassen und weißt du was…?"

„Ja, ich weiß."

„Aber … woher…?"

„Er lächelte so merkwürdig, als er von der DNA sprach. Ich fragte mich, warum und dann wurde mir klar, warum."

„Er hat uns belogen. Aber warum? Und wenn es nicht eine spezielle DNA ist, woher hat er dann diese unglaublichen Fähigkeiten?"

Sie suchte in meinem Gesicht nach einer Antwort.

„Vielleicht haben wir sie einfach alle."

„Was …?

„Vielleicht haben wir alle die Möglichkeit, Dinge zu erschaffen und diese Welt zu verändern. Wir verstehen manchmal nur nicht wie."

Ich sah ihr in die Augen. Sie sah mich verwundert an, dann lächelte sie, unsere Lippen näherten sich und wir küssten uns.

Herzlichen Dank an dieser Stelle an Hanna Lindemann-Flor, Rotraut Günther-Wehner und Ange Hauck, die dieses Buch hinsichtlich Rechtschreib-, Grammatik- und sonstigen Fehlern durchgesehen haben.

Bis jetzt sind von Robert Lott im BoD Verlag erschienen:

Ist das ein Krimi, eine Fantasy-Geschichte oder etwas ganz anderes? Der Autor nimmt den Leser mit auf eine spannende Reise nach Südamerika, auf eine verwirrende Jagd nach falschen Identitäten, die immer gefährlicher wird. Doch wer versucht, die Reporterin Marisa Braun bei ihren Recherchen aufzuhalten? Sind es Kokaindealer, Nazis, Hexen oder sogar Außerirdische? Was hat die Heidelberger Universität damit zu tun und welches Geheimnis verbirgt sich in einem einsamen Gemäuer in Franken?

Robert Lott. Hexenwerk. BoD 2023. ISBN 978- 3-7568-8391-2

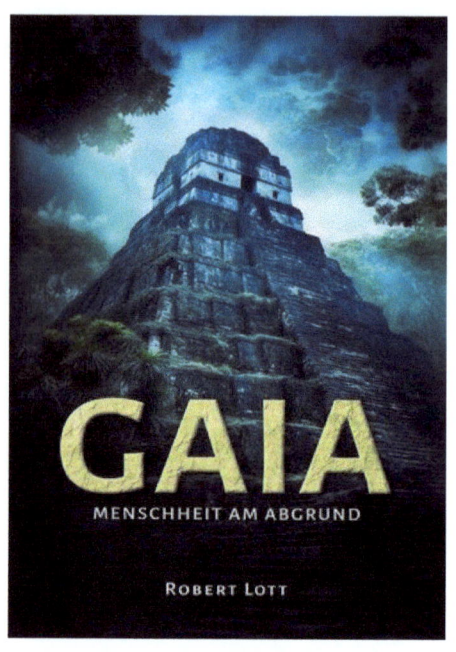

Im zweiten Roman des Würzburger Autors Robert Lott flieht die schottisch-amerikanische Familie McLoard vor dem drohenden Atomkrieg nach Guatemala, wo ihr Urgroßvater eine Forschungsstätte an den Mayapyramiden betrieb. Während die Welt um sie herum im Chaos versinkt, finden die McLoards den rettenden Weg nach Gaia und treffen dort auf eine Menschheit, die sich mit Hilfe fremder Technologie ganz anders entwickelt hat. Die fast paradiesischen Verhältnisse täuschen jedoch über eine tödliche Gefahr hinweg, die in Gaias dunkler Vergangenheit lauert.

Robert Lott. Gaia. Menschheit am Abgrund. BoD 2023. ISBN 978-3-7448-1573-4.

„Geschichte ist einfach scheißlangweilig, Alter! Tausend blöde Na-
men und Zahlen, die sich kein Mensch merken kann."

Es geht auch anders. Der Autor nimmt seine Leser mit auf
eine lustige, ironisch-satirische Reise durch die Geschichte der
Menschheit, zerlegt dabei genüsslich Geschichtsmythen und
ihre Helden und lässt einen erahnen, wie die Vergangenheit
wahrscheinlich wirklich war.

Robert Lott. Die wundersame Geschichte der Menschheit. Bod
2023. ISBN 978-3-7583-63511